泣いて笑ってまた泣いた2

倉科透恵
Kurashina Yukie

ラグーナ出版

イラスト／榎本よしたか
装幀／堀之内　千恵

もくじ

1. 出版社と出会う

リラックマデビュー戦

もうすぐ届く。

もうすぐ。もうすぐ。もうすぐ。

そう思って二時間経った。まだだろうか。早く届いてほしい。まだ来ない。なかなか来ない。早く来てほしい。

無限に思える時間待って、ついに届いた。

リラックマのリュック！

ついについについに、リラックマのリュックを手に入れた。四八時間考えて、それでもほしかったから買った。人の物欲は四八時間、四八時間経つと物欲は消える。四八時間経ってもほしかったので買うことにした。

いつから使おう？　会社の合宿がある。そのとき使おう。

そして合宿の日。リラックマのリュックを背負って、バス停で会社の人たちと待ち合わせた。リラックマ、デビュー戦。

「倉科さん」

倉科透恵《くらしなゆきえ》が振り返ると髪の長い女性がいた。斉藤だ。

「斉藤さん。おはようございます」

「あっ、リラックマ？」

「フフフ。そうです。フフフ」

斉藤に続いて、女性の中本、男性の上野が来るが、田中が来ない。まだ寝ているのかもしれない。午後一時だけど。斉藤が電話した。

「まだ家!?　いいから！　パンツだけ持って来い!!」

まだ家か。やはりそうか。

「田中さん、まだ家だから遅れてくる。先に行こう。バス来るよ」

四人は田中を諦めてバスに乗った。バスに乗って施設に向かう。廃校になった高校を宿泊施設にしたところらしい。着いたら施設が立派だった。社長の高橋と社会保険労務士の綾小路さんたちが先に着いていていた。

今回は綾小路さん発案の、会社の「脳タイプ合宿」なのだ。綾小路さんは、透恵が勤める高橋印刷の顧問社労士だ。彼はいろいろなものにハマる。今は脳テストがブームだ。綾小路さんが、脳タイプがわかるテストで自分のタイプがわかってしまったので、高橋印刷のスタッフも脳テストをやってタイプを調べた。その結果をいかしてミーティングしようとなった。これは助成金が出るミーティングなので、合宿になった。

脳タイプには右脳、左脳、二次元、三次元の組み合わせがある。社長の高橋だけ右脳で、他のメンバーは全員左脳だった。

合宿には綾小路さんが声をかけた人たちが何人か参加する。参加するのは脳テスト開発者の長野さん、社労士の半田さん、デザイナーの堀之内さん、ライターの今野さん。みんなで脳タイプについて考えるらしい。

会議はぐるぐる

荷物を部屋において会議が始まった。まず考えるのは、「大口の仕事なくなってしまった、どうしよう」だ。

年末で、長年やっていた大手の会社の大口の仕事がなくなった。売り上げの大半はその会社だった。一度値下げしており、名刺の代金が半額になった。さらに一〇〇円値下げを要求されて、それでは赤字なので断ったため打ち切りとなった。半額になってからその他の会社の仕事も増やしてきたが、大口の仕事がなくなる打撃は大きい。一〇〇円値下げになったら利益が出ない。ミスもあったけれどみんなでちゃんと仕事していた。値段だけで切られてしまった。その会社はさらに安く名刺作成する会社を見つけたそうだ。

仕事がなくなるということは、他のどこかが儲かるということ。仕事が増えるということは、どこからか仕事を奪うこと。そういうことかもしれない。

でも、奪わなくても仕事は作れる。

透恵の勤める高橋印刷は都内の小さな印刷会社で、従業員は一〇人にも満たない。社員のうち半分が精神障害者だ。名刺を主に作っていて、トランプ、封筒なども製作している。

精神障害者の実習も受け入れていて、実習生には名刺のカットをお願いしていた。大口の仕事がなくなるということは実習生の仕事もなくなるということだ。この数年間で何十人もの実習生が名刺のカットをしてきた。高橋印刷に勤める中本も最初は実習生で名刺のカットをしていた。実習生にやってもらう仕事は他にもあるけれど、名刺のカットという仕事が実習生にやってもらうには一番ぴったりだった。実習が次のステップにつながって就職した人も多くいる。

それがなくなってしまった。これからどうすればいいのか。結論は出なかった。

田中が遅れてやっと来た。田中は夜寝るのが遅くて朝起きるのも遅い。仕事のある日はみんなで電話をかけて田中を起こしている。そうすると午後には来る。

全員そろったので脳タイプの話になった。社長の高橋だけ右脳で他の社員は全員左脳。社長と話が通じないときがあるのはこのせいだったらしい。透恵の説明が下手なのか、高橋と透恵の会話はかみ合わないときがある。これが原因ならすっきりした。

でも、他の左脳の人たちともかみ合わない場合がある。これは何が原因だろうか?

脳タイプは右脳左脳、二次元三次元で組み合わせがいろいろある。透恵は「左脳・三次元優位型」だった。このタイプは「物事の本質が見え、合理的な考え方に優れている、もしくはこだわるタイプです」らしい。みんなのタイプと違いを聞いて、仕事のやり方を考えた。そして一日目の会議は終了した。

なぜか笑える

会議のあと、ご飯を食べてお風呂に入って、透恵は早く寝た。八時間寝ると自動的に目が覚める体質なので、六時前に目が覚めてレコーディングに行った。レコーディングとは「音入れ」→「おといれ」→「トイレ」である。某小説の表現だ。そしたらトイレでものすごく大きなおならをしてしまった。部屋の中にあるトイレで、部屋には他に、高橋と斉藤、中本が寝ていた。あまりにも大きかったので、他の人が音で起きてしまったかもしれない。トイレから出たら誰も起きていなくて、透恵はすごく安心した。そしたらおかしくなって笑いが込み上げてきた。

「ハハハハハ」

ベッドに戻っても笑いが止まらない。

「ハハハハハ」

笑いを止めることができない。

「ハハハハハ」

止まらないので笑っていた。

「なんですか⁉」

誰？　メガネをかけていないのでわからなかったが、中本だ。笑いで起こしてしまった。

「すいません。ハハハハハ」

笑いが止まらない。

二〇分ぐらい笑っていたらとりあえず収まった。

「すいません。笑いが止まらなくて」

「なんで笑ってたんですか？　爆笑で起こされましたよ！」

「くだらない理由です。あれ斉藤さんは？」

斉藤が部屋にいない。朝風呂かもしれない。透恵は風呂場に向かって呼びかけた。

「斉藤さんお風呂かも。さいとうさん、さいとうさん、さいとうさん」

返事がない。

「長風呂ですね」

「いないんじゃないですか？」

いつの間に出ていったのだろう。社長の高橋はまだ寝ている。

「社長起こしましょうか？　そろそろご飯です」

「社長、倉科さんが笑ってる間、うなされてました」

「まあ。起こさないと」

透恵と中本が話していたら高橋が起きた。

「社長、どんな夢見てたんですか？」

「近所の人たちにうるさい！って言われて、謝りに行ってる夢」

透恵の笑っている時にうなされていたので、笑い声が夢に影響したらしい。

「斉藤さんトイレ長いですね」

「いや、だから、外に出たんじゃないですか」

しばらくして斉藤が部屋に戻ってきた。

「あっ、トイレじゃなかったんですか」

「誰もいないお風呂に向かって、斉藤さんって呼びかけてました」

「ずっと笑ってるから外に出た。なんで笑ってたの？」

「くだらない理由です。ご飯に行きましょう」

誰もおならに気がついていないようだ。よかった。なんでおならがそんなにおかしかったのかわからないけどツボにはまってしまった。

「ご飯行きましょう」

笑っていた理由を追及されてはいけない。みんなで食堂に向かった。

食堂に行ったら朝食がご飯で、納豆がついていたので透恵は感動した。納豆が大好きなのだ。納豆は好き嫌いが分かれるけれど透恵は好きだ。くさくてネバネバしているけれどそれでもおいしいと思う。ごはんに納豆は幸せだ。

朝食のあとは施設の外を散歩して、深呼吸をしたり、体操したり、日光浴をしたあと、会議では、仕事についてみんなで付箋に書き出した。やっていること、やりたいこと。会社について付箋に書き出して、みんなで話し合った。大口の仕事がなくなったので、なんとかしないといけない。会議はお昼まで続き、昼食となった。

ますノート活用術

透恵も普段「ますノート」に付箋でやりたいことリストを書いている。「ますノート」とは旧「ですノート」なのだ。昔、リラックマのA6のノートを買って、リラックマのペンも買った。ペンでノートに何か書きたい。でも書くことがなかった。日記をつけようか。いや日記は続いたことがない。

何を書こう。そうだやりたいこと一〇〇個書いてみよう。一〇〇個あるだろうか。まずはなんだろう。食べたいもの。

錦糸町の麺や佐市で、牡蠣ラーメンを食べてみたい

本とコーヒーのモーニングに行ってみたい

手紙舎のランチを食べてみたい

美味しいコーヒーが飲みたい

美味しい紅茶が飲みたい
タカノフルーツパーラーのパフェを食べてみたい
果実園リーベルのズコットを食べてみたい
神楽坂のかぐらちゃかでオリジナルのパフェを作ってみたい
ホットケーキパーラーＦｒｕ―Ｆｕｌｌでホットケーキが食べたい
ホットケーキパーラーＦｒｕ―Ｆｕｌｌでフルーツサンドを食べたい

食べたいものは一〇個出た。

リラックマの茶筒がほしい
リラックマのトートバッグがほしい
リラックマの付箋がほしい
リラックマのごみ箱がほしい
リラックマの電卓がほしい
リラックマのコップがほしい

リラックマのどんぶりがほしい
リラックマのお皿がほしい
リラックマのタオルがほしい
リラックマのスリッパがほしい

リラックマで一〇個出た。

毎日健康
疲れにくくなる
肩こりなくなる
ヒロシになる（寛解のこと）
夜更かしできるようになる
残業なく帰れる
仕事の売り上げ上がる
名刺の注文増える

トランプの注文増える
封筒注文増える
ボーナス出る
みんな毎日出勤できる
会社のコーヒーがブルーマウンテンになる
セブンイレブンのコーヒー飲みたい

さっきもコーヒー飲みたいって書いた。一〇〇は出なかった。三四個だった。一〇〇個は難しい。

とりあえずお金と時間があれば叶うな。食べたいもの、ほしいものはお金があれば手に入る。頑張って仕事して稼ぐということだな。だいたいの悩みはお金があれば解決するんだな。でも健康ってどうすればいいんだろう。食べ物かな？　運動かな？　その時は健康に関して答えが出なかったが、その後、整体に通うようになって慢性疲労と肩こりが解消された。整体の一回の施術のお金は高いが体がみちがえて楽になった。体が軽いって素晴らしい。お金はかかるけどそれだけの価値はある。

ノートに毎日書くわけではないけれど、休みの日にあったことを書いてみたり、休みの日にやることを書き出してみたりした。やりたいことを書いたらＴｏＤｏリストを作る。スイーツを食べに行きたいなら、行く日を決める。行き方を調べる。いつか行くではずっと行けない。行く予定日を決めてしまう。

予定があると週末が楽しい。

会社で「ですノート」にいろいろ書いていると話したら「ＤＥＡＴＨ　ＮＯＴＥ」と誤解されたので、「ますノート」に名前を変えた。

「ますノート」はＡ５かＢ６サイズのノートを使っている。そのサイズが書きやすい。絵が描けると楽しいだろうなと思う。ノート術のムック本を見ると、かわいいイラストを描いたり、写真を貼っている人が多い。でもかわいい絵が描けない。文字のみだ。

書き出すことによって楽になった気がする。愚痴はＳＮＳに書くのは嫌だし、見ていて不快なので書かない。でも「ますノート」には書ける。暗黒物質が出る。落ち込んだら、ひたすら愚痴を書いていると、ある瞬間ふっ、と悩みから抜ける瞬間がある。ときには自分を否定してしまうこともあるけれど書き出すことによってそれを肯定できるようになった。

閉鎖病棟

合宿先で、昼食の時に透恵は思い出した。木曜日に本が届く。透恵が書いた原稿が文庫本になって会社に届くのだ。出版社から出したわけではなく、自費出版でもなく、原稿を本にできるサービスがあったのだ。明日ついに本になる。今までの苦労が本になる。

話ははるか昔に遡る。昔、帚木蓬生さんの『閉鎖病棟』を読んだのが、透恵が原稿を書き始めたきっかけだった。

そのころ、透恵は統合失調症に罹患していて、入院して退院したあと、仕事ができなくて家にいた時のことだ。「活字倶楽部」という、ブックレビューなどが載った雑誌のバックナンバーを読みながら図書館で借りる本を探していた。

外に出るのが苦手だったので、図書館で本を借りて読むくらいしか楽しみがなかった。面白そうな本はないかと「活字倶楽部」のブックレビューを読んでいるときに、『閉鎖病棟』のレビューを見つけた。透恵が入院していたのも閉鎖病棟だったので、図書館で借りて読んだ。透恵はそんなに重症ではなかったらしいのだが、主治医の先生の担当が閉鎖病棟だったので、閉鎖病棟になったらしい。

本の内容は、透恵の環境とは違った。こんな風ではない。

本では、病名が統合失調症に変わる前で、精神分裂病だった。透恵はその時、SSTに通っていた。SSTとはソーシャルスキルトレーニングの略で社会生活技能訓練というものだ。閉鎖病棟に入院していたから症状の重い人も見たけれど、SSTに来ている人たちはみんな元気だし、普通だ。

なんか違う。

本を読んでそう思った。本の中では症状が重い人が多い。入院しているのだから症状は重いはずだけれど、そんな人だけじゃない。

透恵が入院したとき、最初の大部屋は部屋の中にトイレがあって、トイレのそばのベッドは寝るときくさかった。トイレの部屋から別の大部屋に移った夜に、消灯後に突然歌いだす人がいて、この部屋でやっていけるだろうかと思ったが、その後は何もなかった。閉鎖病棟なので入り口に鍵がかかっているが、許可をもらえれば出られた。週一回、品揃えの少ない売店でお茶やお菓子を買えたが、それ以外にはお金は許可がないと使えなかった。

許可をもらえば外に出られたので、四〇分かけて、駅近くの図書館まで歩いて本を借りに行っていた。図書館はお金がかからないし、日ごろ運動不足だし、部屋の中の生活なので気分転換によかった。当時駅前に小さな映画館があった。だめかなと思ったのだけれど、駅前の映画館で映画を見る許可ももらえた。主治医の先生が許可してくれた。閉鎖病棟だけど自由だった。でも入り口には鍵がかかっている。

たまに家に外泊していて、病院に戻るときにお茶を買って持っていった。病院では刃物やベルトの持ち込みがだめなのだが、飲み物も量が多いものはだめだった。一・五リットル、二リットルが持ち込みできなかった。五〇〇ミリリットルは持ち込んでいい。

じゃあ、一リットルは？

一リットルを買って病院で看護師さんに訊いたら、看護師さんたちがざわついて相談しはじめた。結局、看護師さん預かりになって、飲みたいときに出してもらうことになった。

三カ月入院して退院した。本を読むか、寝るかの三カ月だった。他に何もできないし、できることがなかった。何かやりたいという気力があまりなかった。

でも麺類が食べたいと思った。

夏に入院していたので、家に外泊で帰ったときにそうめんを食べたら感動した。病院食では麺は出ないので久しぶりの麺だった。それまでもそんなに麺を食べるほうではなかったけれど食べれないと思うと食べたくなる。病院の食事はそんなに薄味ではなかった。でも肉を使った料理がなかった。

閉鎖病棟のイメージって本に書かれたような人たちのイメージだと思うけれど、実際はそんなに変なことはなかった。本を読んで、ＳＳＴに来ている人たちは元気だと思った。ＳＳＴに来られるくらいだからみんな外に出られるくらい元気だし、働きながらＳＳＴに来ている人もいる。

病気の人って、症状が常に深刻なときばかりじゃない。

自分の知っている病気の人たちは、もっと元気で明るい。その違和感がきっかけで、原稿用紙三〇枚の短編を書いた。モデルは自分だ。自分の病気の話を書いた。

そして、本の最後に思った。寛解ってどういう状態だろう？

『閉鎖病棟』に出てくるチュウさんは、治ったということだろうか。

寛解、つまりヒロシってなに？

ヒロシになるにはどうすればいいのだろうか？　自分は症状が治まっただけで治ったわけではない。

原稿を誰かに読んでほしくて、ＳＳＴの高森先生に原稿を渡した。先生はすごく忙しいのに原稿を読んでくれた。原稿を読んだあと、先生に、ＳＳＴで書記をやってほしいと言われた。ＳＳＴには毎回先生が話す内容を書きとめる書記がいる。今まで書記をやっていた矢野さんが仕事を変えるので来られなくなるらしい。矢野さんは病気を隠して週四日働いていたが、転職して週五日働くことにするらしい。先生は原稿を読んで、文章のスキルがわかったからお願いしたいと言われた。光栄なのだが、字が汚い。それが心配だった。書記をするからかなり早く書かなくてはいけないし、字も乱れる。先生に読めるだろうか。先生からは字のことは特に言われずに書記は続いた。

神社で転機

コラムニスト・ひかりさんのブログは毎日更新されていて、透恵はたのしみに読んでいる。ある日のブログに、大宮氷川神社にお参りしたら転機があったと書いてあった。

ひかりさんがある時期からどんどん、ステップアップしていったのを透恵は知っている。ひかりさんがブログを書き始めのころ、「ＯＬ　本音」で検索したらひかりさんのブログが出てきた。その時ひかりさんは会社員だった。その後ライターになって、コラムニストになった。ブログを見ながら変化を見てきたけれど、お参りの効果だったのかもしれない。

ひかりさんは「自分の進むべき道に導いてください」とお願いしたらしい。同じようにお参りしてみようと思った。

初の埼玉行きで、大宮氷川神社に行ってみた。駅から二〇分くらい歩いて、ものすごく長い参道の先に神社があった。鳥居をくぐった瞬間、空気が変わったのがわかった。普段なにも感じない自分がそう感じるくらいだから、すごい神社かもしれない。神社は大きかった。

今は症状が安定して働けているけれど、一寸先は闇。どうなるかわからない。「自分の進むべき道に導いてください」とお願いした。お参りしたあとは肩の荷が下りたように軽くなる。すっきりした。

大宮氷川神社のそばにある大宮公園の動物園は、入場料無料で動物が見られるらしい。行ってみたらいろいろな動物がいた。これが無料でいいのだろうか。

動物を見たあと、お昼過ぎでお腹がすいたので、帰り道に日高屋でラーメンを食べた。日高屋の醤油ラーメンは懐かしい味がする。神社近くにあってよかった。

自分にもお参り後、何かあるだろうか。

お参りして数日後、本屋で『売れる作家の全技術』という大沢在昌さんの書いた本を見つけた。それを読んで何か書いてみたくなった。その時に昔書いた三〇枚の短編を思い出した。今なら二〇〇枚、書けるかもしれない。お参りの効果かわからないけれど、突然やる気になってしまった。

新人賞応募を目指してみようと思って、四カ月かけて二〇〇枚の原稿を書いた。自分をモデルにしているので会社とか実在の人物はぼかして、ストーリーには謎があるといいらしいので、病気のことを中盤まで隠して書いてみた。応募して半年後、落選の通知。落ち込んだけれど読み直したら下手だった。これは落選する。こんな下手な原稿ではだめだ。書き直そう。今回は誰にも言わなかったけど、次は誰かに読んでもらおう。会社の話だから社長に読んでもらおう。締め切りがあったほうがいいので、新人賞にまた応募してみることにした。一次通過が目標。一次を通りたい。

一時間に五枚原稿が書けるので、逆算して枚数の予定を手帳に書いた。目標は二〇〇枚。毎週の目標枚数を決めて締め切りを設定した。パソコンで書けるのは土日だけだったので、平日は携帯電話で書いていた。ガラケーは充電がもつ。ガラケーで書くとちょっと書いただけでも、たくさん書いた気分になった。当時は薬の副作用でとても眠かったが、携帯を見ていると目がさえてくるので、眠気と戦いながらガラケーで入力した。

毎日電車の中で書いていると、週末には原稿用紙五枚分にはなった。メールに書いて、パソコンに送って、ワードにコピペする。土日は平日書いたものを修正した。書いたものは印刷して、ミスタードーナツに行って、コーヒーをおかわりしながら原稿を真っ赤にした。コーヒーをおかわりできるなんてありがたい。パソコンで書いて印刷して、手書きで加筆修正してまたパソコン、を繰り返した。原稿を書き上げてからスマホに変えた。書く時間よりも修正する時間のほうが長かった。三カ月かかって原稿が完成した。

社長に原稿を読んでもらおうと思った。お休みに読んでもらったほうがいいから、年内最後の日に言おう。一二月末、会社の忘年会が終わった帰りの電車で、しまった、言い忘れたと気づいた。社長に読んでほしいものがあります。送っていいでしょうかとメールした。翌日高橋にメールで原稿を送った。これでスッキリした。休みが何日かあるから読んでくれるだろう。これで正月は遊べる。

お正月に七福神巡りで谷中に行った。七福神の帰りに、テレビで見たコンビーフを買いに駅に行った。「千駄木腰塚」のコンビーフだ。日暮里駅のエキュートで買える。テレビで「コンビーフの概念が覆るコンビーフ」と言われていた。コンビーフはそれまで食べたことがなかったけど、きっとコンビーフの概念が覆る。食べ方を調べたら、少し炒めて生卵と一緒にごはんの上に載せるとおいしいらしい。試してみたらすごくおいしかった。確かにコンビーフの概念が覆った。コンビーフがこんなにおいしいなんて知らなかった。

酷評

正月休みが終わって、社長の高橋にさりげなく感想を聞いた。感想は「SSTに行くところはいい。あとはいらない。誤字脱字がすごい多い」だった。

原稿で社長はつっこんでばかりで怒りっぽく見えるけれど、そんなに怒りっぽい人ではない。登場の仕方がまずかったのだろうか。そんな、他の部分も一生懸命書いたのに。ほ、ほ、他の人にも読んでもらわなくては。社労士の綾小路さんと仲田さんにも読んでもらうことにした。

原稿を読んで綾小路さんはなぜか泣いたそうだ。リラックマのシーンですねと言ったら、違うと言われた。一番の感動シーンはリラックマくんからお返事をもらうところだと思っていた。

もう読んでもらわなくていいかなと思ったのだが、斉藤に読んでもらわなくていいのかと高橋に言われた。内緒にしていたとはいえ、会社でいろいろ言ったから不審に思っているかもしれない。斉藤にも読んでくれるようにお願いした。斉藤からも酷評された。起承転結って知ってる？　小説ってもっと描写あるよね。

このままでは新人賞の一次すら通らない、でも目標は一次通過。書き直すことにした。そんなにつまらない話ならやめればいいのかもしれないけれど、ここまで書いたのだからもう一度直して応募する。三月に新人賞に応募して一次通過の発表を待った。

八月に落選とわかった。

燃えつきた。

絶望した。

仕事がなかったら引きこもっていたかもしれない。

夏で暑いのに、心は真冬のように冷えていた。永久凍土だった。落ち込んで暗い日々だった。でもやることはやった。やはり文才がないのだ。朝礼で暗い顔をしていたら、高橋から

「その原因をみんなにさらせ！」と言われて、中本たちにも「会社のことを書いて新人賞に送ったけど落選した」と話した。中本が読んでみたいというので原稿を見せたら、感想がまさかの面白いだった。面白いと言ってくれた人がいるだけで十分だ。

なにかしたいことはないだろうか。夏なのに、このままでは夏の思い出がない。夏といえばカレー。カレーが食べたい。代々木の「ｃａｍｐ」のカレーを食べてみたい。

社長と斉藤が「ｃａｍｐ」に連れていってくれた。フライパンに野菜がゴロゴロと入ったカレー。これが食べたかった。

カレーを食べたあと、数年ぶりにカラオケに行った。

絶望した日々に、ひたすら聴いていた歌がある。アンジェラ・アキ「手紙〜拝啓　十五の君へ〜」、絢香「にじいろ」、ＹＵＩ「ｆｉｇｈｔ」、倉木麻衣「ｃｈａｎｃｅ　ｆｏｒ　ｙｏｕ」「Ｙｏｕｒ　Ｂｅｓｔ　Ｆｒ.ｉｅｎｄ」をひたすら会社に来る電車の中で聴いていた。この五曲をひたすら聴いて立ち直ろうとしていた。

音痴なのでカラオケはめったに行かないのだが、この五曲のうちどれかを歌いたくなった。カラオケに行きたいと社長に言ったら、連れていってくれることになった。「ワンカラに行ってそれぞれ個室に入って歌うんですか？」と訊いたら、「違うよ！　なんでワンカラなのよ！」

と言われた。ワンカラは一人用のカラオケだ。大部屋のカラオケに行くのか。

三人でカラオケに行き、一曲目にサザエさんを歌った。サザエさんも歌いたかった。二番の画面では、サザエさんが野球をしていた。

カラオケでサザエさんと「手紙～拝啓　十五の君へ～」と「Ｙｏｕｒ　Ｂｅｓｔ　Ｆｒｉｅｎｄ」を歌えて満足した。これで絶望の淵から這い上がれる。

二人には感謝だ。

そして傷が癒えた一一月、はあちゅうさんというブロガーさんのブログで、数百円で本が作れるサイトを知った。

原稿を入稿すれば数百円で本の形にしてくれるらしい。入稿方法はフォトショップ。フォトショなら使える。本の形にできる。

自費出版はとても高いが、このサイトなら数百円で本にできるんだと感動した。本の形にできるのがすごくうれしかった。本の形にしたら高森先生に読んでもらえる。あの時の短編が本になる。

原稿を修正して入稿方法を調べた。ネットで調べたら、ワードで作ったファイルをフォトショの形式にする方法があった。親切な人がやり方を丁寧にまとめてくれていた。

表紙を作らないといけない。それくらいできる。学校行って使い方勉強したもの。特にイメージする写真とかイラストもないし、シンプルに文字だけにしよう。帯を一冊五円でつけられるから帯もつけよう。帯の言葉は何にしようか。

高森先生、サインと一緒に書いてくれたな。

「生きてるだけで立派です」

昔、言ってたな、「人って死んでしまうものなのよ。だから生きてるだけで立派だと思うの」あの言葉使っていいかな。高森先生は林先生に名前を変えよう。帯は「『生きてるだけで立派です』林先生の言葉」にしよう。

文庫本で一九八ページ、帯をつけて一冊七〇〇円でできることになった。表紙をデザインするときに文庫の背表紙の厚さがわからなかった。これが狭いとカバーをかけたときにうまくいかない。

一九八ページって何ミリだろう。本棚から薄い文庫本をさがした。二〇〇ページくらいの厚さを測って背表紙の幅を決めた。一九八ページだとかなり細い。狭くてもダメだけど広くてもダメだ。うまくいくよう、祈るしかない。

一冊から作れるので五冊作ることにした。

はあちゅうさんのおかげだ。夢がかなった。会えることがあったらお礼が言いたい。前にお会いしたとき悩み相談に乗ってくれて、素敵な回答をもらった。

会社のそばのお店のランチでマグロの中落ちとか、サーモンのたたきとかが安く食べられるのだが、そんなお店見つけたよって教えてもらったときに、中落ちを「型落ちですか～？」と言ってしまい、たたきを「カタキ」と言い間違えた。

それ以来会社の人たちは、今日は型落ちあるかな?カタキかな?と言い続けている。それを言われるのが嫌だとはあちゅうさんに相談したら、

「会社の人たちとコミュニケーションがとれてるってことじゃないですか」

と言ってくれた。はあちゅうさんの話し方はやわらかい。その言葉に救われた。

長年こねくり回していた原稿が本になる。そして、その本が木曜日に届く。木曜日は具合悪くても会社に必ず行かなきゃ。

文庫本

デザイナーの堀之内さんが、会社の合宿の時の写真をたくさん撮っておいてくれた。かなりの枚数があるので、トランプにすることにした。

会社でオリジナルトランプを作っている。五六枚の好きな写真やイラストで作れる。名刺サイズと、通常のトランプのサイズであるブリッジサイズがある。名刺サイズで作って名刺ホルダーに入れると、アルバムみたいになるので、名刺サイズで作ることにした。

写真が横長で人数が多いものは二つに分けることにした。一枚の写真で二枚トランプができる。製作作業が楽しい。これは、あの話してた時かな？とか、いろいろ思い出す。

ジョーカーを四枚作れる、ジョーカーは誰の写真にしよう。裏面は集合写真だ。ずっと写真撮影していたので、堀之内さんが写っていないのが残念だ。

お客さんもこんな風に、作る時楽しんでいるのだろうか。結婚式のプレゼント、保育園の卒園記念などで、トランプ作成の注文が来る。

会社の合宿の思い出がトランプになった。名刺ホルダーに入れるとアルバムになる。名刺ホルダーに無印良品のものを使ったら、ちょうどよかった。

トランプって、作っていて楽しい。


そして木曜日の一一時過ぎ、会社に本が届いた。段ボールを抱えて喜んだら、高橋に「仕事中に開けるな！」と言われたのでぐっと我慢して、昼休みに開けた。

本になっている。白い文庫本だ。高森先生に一冊送ろう。

嬉しいな。本になった。形になった。高森先生に読んでもらえるからよかった。

最初は五冊だったけれど、人に配ったので、続けて一〇冊、二〇冊と増刷した。本の形にはできたけれど、できればちゃんと出版したい。きっかけになるかもしれないので、文庫をいろいろな人に渡した。

会社に、就労移行支援施設のレインディアから実習生を派遣してもらっている。そのレインディアの社長の本木さんも読みたいというので一冊送ったら、レインディアの人たちで輪読するという。

輪読？

ＷＡになって読もう？

輪になってみんなで朗読するということだろうか？　キャンプファイヤーみたいなものだろうか。炎を囲んで炎と月明かりの明るさで本をみんなで朗読する。そんな映像が浮かんだ。高橋に言ったら違うと言われた。回し読みするという意味らしい。

本は会社に来る人に渡していった。減ると増刷し、人に渡して、また増刷、を繰り返していた。

プレゼント

鼻水が出てきた。高速で鼻をかんだら中本がびっくりした。中本はくしゃみでもびっくりする。透恵のくしゃみは大きい。昼休みなので、ヨーグルトを買いに行こうかと思った。花粉症対策にヨーグルトはいい。春だからくしゃみがでる。春だからお花見だなと思う。

「お花見ですね。さんごだんきょうだいですね」

「産後？」

「だんご三兄弟です」

やっぱりヨーグルト買いに行こうか。今日も絶不調だ。花粉がいけない。花粉症であって風邪ではない。だからイベントには行ける。

今月、ひかりさんの講座がある。ひかりさんは毎日ブログを更新していて、その後、「コラムニスト・ひかり」とペンネームを変えた。ブログを読んでいると気づきがある。ひかりさんは年に数回講座を開く。ほぼ参加していたら覚えてもらえた。ファンとしてうれしい。ひかりさんにお会いしたときに思ったのだが、内面の美しさが顔に出ている人だと思った。内面って顔に出るのだな。

毎回プレゼントを渡している。これはいつも気づきをもらっている感謝の気持ちだ。ブログにコメントすればいいのだろうがうまく書けない。だから講座の時にプレゼントを持っていく。今回は何にしよう。講座は再来週だ。プレゼントで悩む。この間は何を送っただろうか。何か美味しいもの。そして日持ちするもの。自分では買わないもの。ななめ横にいくもの。

プレゼントを探すことは、透恵のライフワークであり、フィールドワークである。

プレゼント、どうしよう。前回は変わった調味料、エジプト塩を贈った。エジプト塩を超えるものはなんだろう。なんだろう。なんだろう。

「何がいいんだ!?」

「は？　なに？」

斉藤に訊かれた。心の叫びが出ていたらしい。

「あっ、すいません。心の叫びです。プレゼントに悩んでます」

「ああそう。ドレッシングは？　伊勢丹にテレビで紹介されたにんじんのドレッシング売ってるよ」

「それはにんじん嫌いでも大丈夫ですか？」

「大丈夫。美味しいです」

伊勢丹。あのすごいデパ地下で売っているなら美味しいに違いない。でも今週は整体がある。

「今週はパンダに行くんです。いつ買いに行こう。まず味見ですね」

「伊勢丹なら帰りに行けるでしょ」

伊勢丹に寄ると帰りが遅くなって、寝るのが遅くなる。パンダの帰りにいくか。シックスパックのパンダがいるお店に整体に行っている。

「うーん。帰りですか。うーん。ドレッシング味見したいですね。うーん」

「同じところぐるぐる回ってるよね。実習生もみんな同じところでぐるぐるしてるけどね」

社長に言われたが、実習生は何を悩んでいるのだろうか。

「今日は太田さん来れなかったですね」

今回の実習生の太田さんは、体調が安定しなくて休みがちだ。

「みんな実習が終わると振り返り書くでしょ。みんな同じところでぐるぐるしてるんだよね」

「病気の人って自己肯定感が低いですよね」

実習生の人たちは「インポスター症候群」が多いかもしれない。インポスター症候群は、自分の成果を自信に変えられない症候群だ。自分には能力がない、人一倍頑張らないと失敗する、などと考えてしまってチャンスや成功を逃してしまう。そんな人たちのことだ。

誰にだってある感情だと思う。

自信をつけるには行動するしかない。

でも毎日来られなくても、働く意欲があるだけいいじゃないか。

悩みって人から見るとくだらないけど、本人にとっては深刻だ。自分にとってもプレゼント問題は深刻な悩みだ。日ごろの感謝の証だから悩む。

鼻水が出るのでコンビニにヨーグルトを買いに行った。コンビニのサンドイッチがリニューアルしたらしい。じっ、と見てみた。違いがわからない。微妙に変わったらしい。微妙すぎて見ただけではわからなかった。

今日も花粉が飛んでいる。洗濯物を干すのは嫌だけれど、冬物を洗濯しないといけない。冬用のフェルトのリュックとか、毛糸のバッグを洗わないといけない。家にある洗剤はエマールとアクロンどっちだったろうか。すべて花粉がいけない。洗剤がわからなくなった。家で確認したらアクロンだった。ついでにカーテンも洗おう。花粉がついている。

鬱の時は日光を浴びたほうがいいっていうけど、春は花粉が飛んでいるから調子が狂う。

土曜、整体のあと新宿に行って、伊勢丹でセゾンファクトリーの「にんじんドレッシング」を買った。ドレッシングが八〇〇円する。さすが伊勢丹。高級ドレッシングだ。

ドレッシングを開けようとしたら、蓋が栓抜きで開けるタイプだった。栓抜きが家にない。日曜に一〇〇円ショップで買って、ようやくドレッシングを開けた。

キャベツににんじんドレッシングをかけて食べてみた。美味しい。にんじんのいいところが絞り出されている。にんじん苦手な人でも大丈夫な味だ。これにしよう。これでプレゼント問題は解決した。

予定があるとその日まで元気でいようと思う。予定が終わったあとなら、燃えつきて具合が悪くなってもいい。予定があると元気になれる。講座の日まで元気でいたい。

講座には無事に行くことができて、プレゼントを渡せた。ひかりさんは覚えていてくれて、喜んでくれた。嬉しかった。この間参加できなかったから、今回参加できてよかった。タイミングが合ってよかった。土日に余白を作って、動けるときはチャンスを逃さず行動したい。ひかりさんには、また講座をやってほしい。

出版社

社長の高橋が、ラグーナ出版の会長さんと食事をすることになった。出版社ならと文庫本を高橋に託した。鹿児島の会社だった。文庫本を何度も増刷して、いろんな人に渡して、ついに出版社にたどり着いた。文庫本を作るのに何万も使ったけれど、むだではなかった。投資は成功した。

ラグーナ出版でも、精神障害者の人たちが働いているらしい。高橋がラグーナ出版の会長の森越さんから、ラグーナ出版は自費出版ができて、費用もそんなに高くないと聞いてきてくれた。

高くないといっても、自費出版の費用をネットで調べると一〇〇万はする。安いっていっても透恵には高いだろう。七〇万くらいかな？　自費出版でも本屋さんに置ける場合があるけど、ラグーナ出版はできるだろうか。

ホームページを検索しようとして、「ラゾーナ出版」と検索した。出てこない。ラゾーナ川崎が出てくる。なにか間違えた。あっ、ラグーナだ。ラゾーナではない。ラグーナ出版で検索してホームページが出てきた。自費出版はできるようだが費用が書いていない。問い合わせらしい。

原稿はあるから問い合わせてみよう。いくらか知りたい。問い合わせをしたらラグーナ出版の小川さんからメールが来て、原稿の枚数や本のサイズを知らせたあと、見積もりがきた。いくらなんだろう。七〇万？　いや五〇万かもしれない。見積もりは一〇〇冊でお願いした。ドキドキしながら見積書を見た。

想像より安いけれど、安い金額ではない。大金だ。これは本屋に流通させた場合の金額だろうか。せっかくだからＡｍａｚｏｎに載りたい。本屋は無理でもＡｍａｚｏｎならなんとか載れるのでは。

流通できる自費出版について小川さんに問い合わせてみた。返答は「審査がある」だった。審査の基準を送ってもらった。そのなかに「人を励ます内容であるか」という基準があった。それを見てだめだと思った。冒頭でバッチリ人を呪っている。そんな話だめだ。絶対基準に反する。

だめだ、と思いつつも、後半の内容で挽回できないだろうかと思って、原稿を送った。会社で、基準に反すると思うのでだめだと思いますと言ったら、大丈夫だと言われた。「それよりカルピスこぼすな」と社長の高橋に言われた。不安をかき消すためにカルピスを薄めて飲んでいた。作るときにこぼしたらしい。カルピス禁止令出すよと言われてさらに落ち込んだ。出版の基準もだめ、カルピスもだめ、もうだめだ。高橋は出かけていった。

三時だ。コーヒー入れよう。みんなでおやつ食べよう。ファミリーパックがある。

「きのこの里とたけのこの山、どっちがいいですか？」

「は？」

「きのこの里とたけのこの山、どっちがいいですか？」

「逆。きのこの山とたけのこの里」

斉藤に訂正された。

逆なのか。もう今日はだめだ。こんな時こそれいせいに、冷製パスタのようにならなければいけない。

外出していた高橋から電話があった。斉藤宛だった。

「社長、斉藤さんから電話です」

「逆！」

中本に訂正された。今日はもうだめだ。冷製パスタにならなければ。自己暗示だ。

「ｂｅ動詞！」

「は？」

「すいません。ｂｅ ｃｏｏｌ！です」

夕方、雨が降ってきた。

「通り魔ですね」

「えっ？」

「間違えました。通り雨です」

今日はもうだめだ。でも帰りにいいものを見た。電車の中で、リラックマをバッグに四つつけた男性を見た。クマ友さん発見。＃クマ友の輪だ。

帯だけ先に決まる

大口の仕事は減ったけれど、四月になっても仕事は忙しかった。忙しいのはいいことだ。四月になってお弁当のおかずは春キャベツになった。白菜とはお別れだ。また来年。

普段はお弁当を作っている。会社の近くにコンビニもあるけれど、お弁当を作ったほうが安い。毎日お弁当で節約して、休日出かけた時に値段を気にせずに高いものを食べる。そのほうがいい。お弁当を作った日は二〇〇円貯金する。たまったお金でリラックマグッズを買う。

でもたまに外食もする。ラーメンはお店で食べたい。今日はラーメンが食べたくて、お昼に行列に並んだ。豚骨ラーメンのスープがおいしい。こんなにおいしいスープ自分では作れないので、ラーメンはお店で食べるのがいい。豚骨ラーメンと餃子とライス。食べすぎだろうか。午後からバリバリ働いてカロリーを消費しよう。リンゴジュースとブレスケアでにんにく消しだ。

リンゴジュースを買って会社に戻って携帯を見たら、小川さんからメールが来ていた。審査の結果は大丈夫だった。いくつか条件があったが、無事に審査には通った。

条件は、略歴を載せることと、会長の森越さんが文庫本の帯を見たらしく、帯の言葉と高森先生の名前を使っていいかということ、改行が多いので直すということだった。略歴って東京生まれ、東京育ち、悪そうな奴はだいたい友達、みたいなのだろうか。歌であったと思う。何書けばいいんだろう。心の中にキティとリラックマが住んでます。キティとリラックマと共に生きてます。みたいな感じだろうか。

帯は高森先生に許可を取らないといけない。勝手に使ってしまった。

改行は確かに多い。ページ数が足りなくて改行した。改行を減らすと、書き足さないといけない。原稿もう一度書き直しだ。商品として売れるように完全版を書く。

そして、いまある文庫本の在庫を減らさないといけない。残り二〇冊くらいある。誰かお客さん来ないだろうか。

「社長、だれかお客さん来ないですか？」

「坂本ゼミの人たちが来月来るよ。『日本でいちばん大切にしたい会社』って本を書いてる坂本光司先生のゼミの人たち。本にはラグーナさん載ってるよ」

坂本先生？　日本でいちばん大切にしたい会社？　会社の本棚に『日本でいちばん大切にし

たい会社』があった。いい会社を紹介する本らしい。その三巻にラグーナさんが載っているそうだ。読んでみた。読んでみたら、ラグーナさんはいい会社だった。坂本ゼミの人はラグーナさん知ってるんだろうな。ラグーナさんで今度出版するって言ったら、文庫本読んでくれるだろうか。

「社長、ゼミの人にラグーナさんで出版するって言っていいですか？」

「いいよ。ゴールデンウィーク明けに、ゼミの人たち来るから」

火曜日まで元気で会社来なきゃいけない。明日も元気でいたい。ゴールデンウィーク明けまで元気でいなければ。

元気でいなければと思ったのだが、火曜の朝の電車で具合が悪くなった。運よく座れて寝ていたら、具合の悪さで目が覚めた。気分が悪くて目が覚めるなんて最悪だ。座れていてよかった。クラクラして気持ち悪い。身動きがとれない。冷や汗が出た。座って無限にも思える時間、じっとしていたら治まった。電車が駅に着く。よかった。原因不明だけれどよくなってよかった。生きててよかった。健康万歳っていう気持ちになった。

嬉しくてコンビニで柏餅を買ってしまった。柏餅はこしあんだった。こしあんのほうが好きだ。会社で柏餅を食べながら思い出した。今日、坂本ゼミの人たちが来る日だった。

坂本ゼミの人が来たのだが、人数が多くて会社の椅子が足りないので外で話すことになった。高橋に文庫本をたくして、出版の件を伝えてもらうようにお願いした。ゼミの人たちと話して帰ってきた高橋に言われた。

「すごいことになったよ！　坂本先生に帯書いてもらえるかもしれない！」

「え？　なんでですか？」

「来週の土曜日にゼミがあるから、来ていいって。その時に先生にお願いできるって言われた」

ゼミに行く？　帯を書いてもらえる？

「坂本先生ってすごい先生ですよね？　いいんですか？」

「坂本先生、ラグーナ出版大好きなんだって。ラグーナ出版から出すなら、帯書いてくれるって」

どうしよう。原稿ができてないのに、帯だけ先に話が進んだ。帯は高森先生と坂本先生に書いてもらえるんだろうか。帯だけがすごいことになってしまった。なんだか急にすごいことになってしまった。

出版ってすごいことなんだな。大変なことになってしまった。まずは原稿修正しないといけない。

来週、坂本ゼミ。どうしよう。緊張する。

どうすればいいんだ。そうだ。こんな時は画像検索だ。昼休みに「麻生太郎　かわいい」で画像を検索した。かわいらしい麻生さんがたくさん出てきて和んだ。

「妖怪ウォッチ」のジバニャンも検索した。ジバニャンの耳には三角の切れ込みがある。あの切れ込みって、野良猫が避妊手術したときに入れるものではないだろうか？　そうか、ジバニャンは避妊手術した猫なのかもしれない。そのあと交通事故にあったんだな。でも大活躍できてよかった。

コマさんも検索した。コマさんは天然だ。自分もなぜか天然と誤解されることがあるが絶対に違う。でもコマさんは天然だ。検索していたらコマじろうもできた。どっちもかわいい。

2. 日本でいちばん大切にしたい会社

坂本ゼミへ

原稿の修正よりも先に、帯のほうが進んでしまった。坂本先生、帯を書いてくれるだろうか。高森先生、帯にあの言葉使っていいって言ってくれるだろうか。一回勝手に使ったけど。原稿も修正しないといけない。ネタが足りなくて改行でページを稼いだけど、改行を詰めたらページが足りなくなる。

ネタがない。

事実をもとに再構築しているので作るのはだめだと思う。でも過去の話なんて覚えてない。日記をつけてないから記録がない。あっ、ｆａｃｅｂｏｏｋに毎日の出来事を連投してた。あれを見ればいいんだ。毎日のくだらないつぶやきがこんなところで役立つとは思わなかった。つぶやいておくものだ。

全部さかのぼるのか。三年くらいやってるけど全部さかのぼるのか。だってネタがない。思い出すにはそれしかない。ほぼ使えないだろうけど、使えるものは全部使う。

ｆａｃｅｂｏｏｋをさかのぼってスクリーンショットを撮ることにした。毎日三個はつぶやいていているので数が膨大だ。とりあえず全てスクショをとって整理することにした。しかし毎日たいしたことつぶやいてない。だからみんな「いいね」してくれないんだな。でも、レインディアの本木さんは毎回「いいね」してくれる。本木さんはいい人だと思う。

スクショをとって使えるものをメモしようと思った。リラックマのメモ帳をネタ帳にしてみた。英語で書いてあって何のメモ帳かわからない。「ＣＲＯＱＵＩＳ」ってどんな意味？　ググったらクロッキーだった。なるほど、そんな紙の質感だ。筆圧が強いので書くと紙にペンがのめりこむ。この感覚がいい。いいものを買った。マルマンさん、リラックマとコラボしてくれてありがとうございます。

今度から心のロルバーンではなく、心のリラックマクロッキーにメモしよう。メモるペンはリラックマのジェットストリームだ。

原稿も大事だけれど、学校にも行かないといけない。出版の準備でお休みしてしまった。グラフィックの勉強が終わったので、別の学校でｗｅｂデザインの勉強を始めた。グラフィックの時は何時間でも通ってよくて期限がなかったけれど、ｗｅｂは半年間で終わらせないといけない。入学したときの特典で、授業をｗｅｂで見られるけれど、課題は学校に行って添削してもらわないといけない。仕事から帰ってｗｅｂで授業を見ていると後半どうしても具合が悪くなる。仕事が終わってから何かするのは無理なようだ。

授業は、最初はイラストレーターとフォトショップの使い方から始まった。やっぱり、イラレで絵を描くの下手だ。ペンツールでうまく描けない。円がうまく描けない。ペンツールで円を描けなくてもやり方はある。円も四角も図形ツールで描ける。ペンツールは使えないけれど、画像加工はできる。フォトショップで加工すれば、四角の羅列はチョコレートになる。加工技術を磨くことにした。

学校の帰りに本屋に寄って加工の本を買った。本はフルカラーで、分厚くて重くて、高い。一冊二五〇〇円する。でも、加工ができるようになればデザインが下手でもなんとかなるかもしれない。学校の帰りに少しずつ本を買った。素材集もある。でも素材集は沼だ。手を出したら最後、どんどんハマりそうだ。本をあれもこれもと買って、いつの間にか本が増えている。どんどん集めたくなってしまう。インクやマスキングテープと一緒だ。それを沼という。インク沼、マステ沼、いろいろある。加工の本も沼だ。

家のパソコンにソフトを入れたから遊べる。名刺のデザインをいくつか作ってみた。でも連絡先を教えるのは嫌なので、渡す相手がいなかった。文房具好きに渡したい文房具名刺も作ったけど、渡す相手がいない。会社で一枚ずつ印刷させてもらった。サンプルとしていつか使う日が来るかもしれない。

そうだ。綾小路さんみたいに二つ折り名刺を作ろう。脳タイプを入れて、会社の住所も入れて、会社の名刺として配ろう。レースとチョコレートのパーツで名刺を作った。これなら誰かに渡せる。トランプ名刺と一緒に渡そう。

学校で習ったことは仕事で役立っている。でも、学校を無事に終えられる自信がない。いつかホームページを作れるようになるだろうか。

スクリーンショットをとってメモする日々を過ごしていたら、坂本ゼミに行く日が来てしまった。緊張する。市ヶ谷の駅で、ゼミ生の岡安さんと社長の高橋と待ち合わせした。緊張する。

「息してる？」

高橋に訊かれた。

「し、してます」

緊張する。坂本先生は怖い先生ではない。でもすごい先生だ。緊張する。

大学までどうやって行ったか覚えていない。高橋から何度か、息をしているか訊かれた。気がついたら、部屋の前だった。緊張する。先生がドアの向こうにいらっしゃるんだ。

「息して」

息してます。

ドアをノックして部屋に入った。坂本先生が座っていた。先生はメガネをかけていて、立つと背が高い。

ここからおぼろげな記憶しかない。先生にご挨拶して、ラグーナ出版で出版することになりましたと言ったらしい。そしたら、ゼミまで連れてきてくださった岡安さんが、「先生、帯書いてあげてくださいな」とすごいことをさりげなく言って、先生が気さくに「いいよ」と言ってくださったのは覚えている。こんなに簡単に帯を書いていただけることになってしまったと驚いたのは覚えている。白い文庫本を持ってきたので、先生とその場にいたゼミ生の方たちに渡した。ゼミ生の方たちは親切で、買いますよと言ってくださったのも覚えている。先生と高橋と三人で写真を撮ったらしい。高橋が送ってくれた写真がある。その後ゼミで少し話をしたらしいのだが、何を話したかまったく覚えていない。大勢の人がいて、会社の話をして、本をラグーナ出版で出しますってことを言ったと思うのだが、まったく記憶にない。緊張して頭が真っ白だった。ちゃんと話せていただろうか。坂本先生は怖くなくて気さくに話してくださる優しい先生だったが、とても緊張した。

原稿完成前に坂本先生の帯が決まった。帯が坂本先生と高森先生。すごいことになった。内容をなんとかしないといけない。ちゃんと直さないといけない。

高森先生に帯の件で連絡したら、帯の言葉は使わせてもらえることになった。でも出版するなら、ＳＳＴの描写が違うので直すことになった。夜に電話して修正点を聞いた。ＳＳＴのロールプレイングや、先生の口調は命令形ではない、などいろいろ違っていた。電話で聞いた、先生の日々のスケジュールがすごかった。横浜↓水戸↓静岡↓名古屋↓東京。ほぼ毎日、講演会で移動だ。でも先生は元気そうでよかった。

黒歴史開帳

帯が決まって、原稿は修正中、装丁どうしよう？　装丁はラグーナ出版でもお願いできるけれど、イラストを榎本さんにお願いしたいのでこっちでやりますと言ってしまった。榎本さんはイラストレーターで、名刺に載せる似顔絵を描いてもらったことがある。

デザインどうしよう。学校行って勉強したけど、自分でできるだろうか。文庫の時はなんとかした。でも、ラグーナさんに装丁はこっちでやりますって言ってしまった。だって、イラスト榎本さんにお願いしたかったから。なんとかしなければ。

不定期に更新しているブログに出版について書いていたので、装丁について決まってませんと書いた。そしたらコメント欄に、やりましょうか?と書き込みがあった。誰だろうかこの親切な人は。フリーのデザイナーさんがたまたま私のブログを読んでいて、親切なので助けてくれるのだろうか。ブログのプロフィールを見に行ったら、堀之内さんだった。知り合いだった。二月に綾小路さんの提案で、脳タイプ合宿に行ったとき参加していたデザイナーさんだ。デザイナーさんが知り合いにいた! 堀之内さんがいた! なんていい人なんだ。私のブログを見てくれているなんて。これで装丁は決まった。原稿修正するだけ。原稿修正するだけ。そう修正するだけ。

なのに修正が進まない。ただ淡々と日常を描写しているだけの話が面白いのだろうか。ただ淡々と会社でのできごとを書いているだけで山場がない。だから落選したんだ。文才もないし、こんな内容を出版していいのだろうか。カッコいい文章とかきれいな文章を書いてみたいけど書けない。長い文章が書けない。長い文章は下手な人が書くと読みにくい。だからぶつ切りの文章になる。一文一義。これを目指している。下手くそでも読みやすい文章を書きたい。

自分で書いた文章を長時間見ていると、これでいいのかと思う。自分で書いた文章を自分だけで見る。自分の吐いた息だけ吸って、二酸化炭素中毒になるみたいな感じだ。他の人の文章を読みたくなる。でも読んだら最後、自分の原稿が進まない。

今まで書いた文章の間に、Ｆａｃｅｂｏｏｋからとった出来事を書いていく。これは面白いのだろうか。読んでくれる人はいるのだろうか。私の黒歴史だし。黒歴史とはガンダムから来ているらしい。私はガンダムに詳しくないけれど、ガンダムウイングぐらいなら知っている。エヴァンゲリオンも好きだ。主人公の碇シンジくんに敬意を表して、大事なことは三回言うことにしている。

原稿修正するんだ。原稿修正するんだ。原稿修正するんだ。

原稿は、書いているときは書いている人のもの。書いたあとは読者のもの。今は私のものだ。書くしかない。

スクショを見ているといろいろあったと思う。社長にもつっこまれているが、中本にもいろいろつっこまれている。斉藤にもだ。こんな淡々とした日常を書くしかない。それが本の趣旨だ。事実をもとに再構築しているので、実際の話とは微妙に違うけど。

例えば会社に面接に来た時に「カブユウ」と言ってしまった話。あれは、お客様に高橋印刷が株式会社か有限会社か訊かれて、有限ですと言ったという話を高橋にする時に「カブユウって言っておきました」と言ってしまったのだ。せっかくなので使った。

「味噌の困惑」は真実だ。泣ける話だ。みんな、あの話には同情すると思う。味噌汁とコーヒーは合わないというライフハックだ。

ライフハックはもう一つある。御神水でカルピスを作るな、だ。

箱根の九頭竜神社と箱根神社をお参りしてご神水をもらった。帰ってからご神水でカルピスを作った。霊験あらたかなカルピスができた。カルピスはおいしかった。神聖な味がした。

翌日、天罰が下った。会社の鍵を忘れて取りに帰り、途中でまた忘れ物に気がついて取りに帰った。不幸な目にあった。御神水でカルピスを作ったからだと思う。御神水はそんなことに使ってはいけなかった。

自分の中での名場面は、リラックマくんからお返事をもらうシーンだ。白眉だ。あれにはみんな、感動すると思う。

黒歴史の棚卸しだ。いろいろあった。電車に乗れない時期もあった。健常者から見たら不思議かもしれないけど、あれって病気の人には「あるある」なのだ。ＳＳＴでも、ほとんどの人が電車が苦手だった。あと、人ごみとか、飲食店に行くのが苦手な人が多い。

それで、電車の描写が長くなってしまった。病気の人が読んだら、あるあるって思ってくれるだろうか。ＳＳＴに行く部分だけは社長に褒められた。あそこだけでいいと言われた。でも、他の部分もいろいろ頑張って書いた。

病気の人が読んでくれるといい。健常者にも読んでほしい。私の場合、鬱は人に言えるのだが、イメージが悪いような気がして統合失調症は言いにくい。統合失調症も大変だということを知ってほしい。だから本にするんだ。

ミーティング

レインディアの本木さんから、本を売るためのミーティングをしようと連絡があった。ミーティング！　無名の新人の本が売れるわけがない。だからミーティングは必要だ。Ａｍａｚｏ ｎが一冊入れてくれたとして、その一冊は長いこと売れないのだ。誰か知り合いが買ってくれて、なくなったとしたら、その後、在庫はないままで過ぎていくに違いない。Ａｍａｚｏｎの在庫を三冊に増やす方法を考えなくてはいけない。レインディアの本木さんの提案はすごい。かゆいところに手が届いている。

レインディアは精神障害者の就労移行支援施設で、高橋印刷はそこから実習生を受け入れている。最近は都の某部署を通じて、レインディア以外にもいろいろな就労移行支援施設からの実習生の受け入れをお願いされている。三日、五日、一〇日など期間はバラバラだ。

実習生の仕事は、いままであった大量の名刺カットがなくなったので、雑用になってしまうのだが、手が回らない細かい仕事がいろいろあるので、それをやってもらっている。仕事よ来いと念じていたら、アンケート入力などのデータ入力の仕事が来た。我ながら念力がすごい。雨乞いもできると思う。たまに人を呪う時もあるけれど、その時はだいたい跳ね返る。人を呪った話を原稿の冒頭に書いてしまったので、跳ね返るかと思った。ラグーナ出版の出版基準に引っかかるかと心配した。

実習生にお願いする仕事は軽作業になる。名刺を発送する時の梱包用のプチプチを切ってもらう、ホワイトホルダーというファイルの圧着、週二回あるカタログの発送。期間が短い人もいるので、名刺作成業務をお願いすることはあまりない。

実習生は訓練で来ているので研修中という認識だ。仕事を体験してもらって、ステップアップしてもらう。忙しくてちょっとした仕事にみんな手が回らないので、実習生にやってもらえると助かる。

人によっては作業に向き不向きがある。パソコンを初めて使う人もいる。でも入力はゆっくりでもいいので、パソコンの練習になると思う。就職するのにパソコンはできたほうがいい。

ワードとかエクセルとか苦手な人もいるけれど、文字入力だからみんななんとかなっている。実習生にはデータ入力の仕事ができた。データ入力の仕事が増えると実習生の仕事になる。もっと増えるといいけれど、パソコンと席が足りないことがある。これが問題だ。

仕事があるということはありがたいことだ。大口の仕事がなくなったけれど、ほかの会社さんの仕事で忙しいし、実習生がやる仕事もなんとかある。

実習生もいろいろな人が来る。苦手なタイプもいる。

透恵はフレンドリーな人が苦手だ。初日から明るく対応されると、人見知りが発動する。毎回、初対面の人たちと話す朝食会とかに行っていたから、人見知りは克服したと思ったのだが、親しげに話しかけられると、警戒してしまう人もいる。

「大丈夫、こわくない」byナウシカ

大丈夫ではない。誤作動を起こす。

このままでは、「本を読みました」と会社に来てくださった方に冷たい対応をして、誤作動を起こす。本を読んだといわれても、こっちはフレンドリーにできない。大変申し訳ないことだ。そんなこと、いままでにないけど。

だからSNSでつながるのも苦手だ。Facebookで友達申請が来ると、どうやって断るか悩むが、結局許可してしまう。私に特に興味はないだろうし、私もあなたに興味ないです。なのにどうしてと思う。

でも実習生が来ていると助かるし、会社で働くことがその人の役に立つなら受け入れは続くと思う。来月で上野が会社を辞めてしまうけれど、実習生の力も借りて、なんとかしていきたいと思う。実習で来ていた大山がアルバイトで入社する予定だ。彼女は体調が安定しなくて、毎日来るのは難しいだろうけど、週何日かは来られると思う。

ラグーナ出版の社長の川畑さんが来月東京に来るので、会社に打ち合わせに来るそうだ。ついにラグーナ出版の人と会える。川畑さんが来るまでにミーティングでいろいろ決めておかないといけない。

タイトルは文庫本のタイトルをそのまま使おう。

『泣いて笑ってまた泣いた』

なぜこのタイトルにしたかというと、最初に原稿を書いている時にタイトル未定で、とりとめのない話でどうまとまるか終わりが見えなくて、どんな展開になっても大丈夫なタイトルをつけようと思ったからだ。

「人生いろいろ」

「崖っぷちからの生還」

「人生楽ありゃ苦もあるさ」

「泣いたり笑ったり」

「一寸先は闇」

「希望の中に絶望はある」

そんな感じにしたい。

どれがいいかな。泣いたり笑ったり？　泣いて笑って、語呂が悪い。「また泣いた」だ。

『泣いて笑ってまた泣いた』にしよう。

また泣いてるけど、二度目は嬉し泣きだ。これならどんな展開になっても通用する曖昧模糊としたタイトルだ。ぐだぐだで終わっても大丈夫。そんな感じで決めたタイトルだった。

テーマソングも決めよう。倉木麻衣さんの「ｔｏｕｃｈ Ｍｅ！」だ。

ミーティングで本を売る方法を考えないといけない。無名の新人がどうやって本を売るかだ。ミーティングは六月の土曜日に会社で行われた。高橋、斉藤、本木さんの他、綾小路さんや文庫本を読んだという岩井さん、原田さんが参加した。

本の宣伝方法にＳＮＳを使うという案が出た。ｆａｃｅｂｏｏｋページを作ることにした。ペンネームの倉科透恵で作って本を宣伝する。帯は高森先生と坂本先生に書いてもらう。本木さんのｆａｃｅｂｏｏｋの友達が多いのでシェアしてもらう。

「サイン作ろうかと思うんです。でもいるかな？　でも作りたいし」

「勝手に作れ！　他にも決めることあるでしょ」

高橋に悩みを一蹴された。他に決めることといえば、覆面作家になれるかを訊きたい。覆面作家にあこがれている。でも、覆面作家になりたいって、言い出せない。

本は自費出版で三〇〇冊作る予定だ。流通させるのに二〇〇冊くらい必要らしい。一〇〇冊は送ってもらって自分で営業する。

「愛媛でショウゼンコウが一〇月にある。そこで売ろう」

しょうぜんこう？　ゼンコウジ？　お寺？　本木さん、それは寺のイベントですか？

「中小企業家同友会の障害者問題全国交流会、略して障全交。同友会の全国の障害者委員会が集まるから、ここでなら本が売れる。一〇月二二日に開催だから、それまでに出版だ」

「出版するのに原稿ができてから三カ月かかるそうです。七月に原稿ができれば間に合います。もう少しで修正が終わります」

「じゃあ、一〇月の障全交までに出版だ」

一〇月二二日、他にも何かあった。

「社長の誕生日ですね」

斉藤の言う通りだ。その日は社長の誕生日だ。ケーキは帰ってきてからみんなで食べよう。

ミーティングでいろいろ決まってよかった。川畑さんが来たら出版までのスケジュールを聞こう。

原稿はできたのかという話になって、高橋と斉藤が原稿を見てくれることになった。ミーティングのあと、三人で原稿を見直した。流れを書いてみた。最初は電車の中、アルフォート、一つずつ書き出した。これで流れが整理された。誤字脱字が多いので、二人が校正してくれるという。二人に原稿を託した。これでラグーナ出版の川畑さんが来るまでに原稿が完成しそうだ。

カッコいい訊き方

六月なので中本の調子が悪い。気圧が不調の原因になる。雨だと気圧が下がって頭痛がして具合が悪くなるという。

雨が降るたびに頭痛いですか？と訊いていては芸がない。カッコよく訊きたい。カッコよく。

「あたま、大丈夫ですか？」

「普通の人はその言い方怒りますよ」

「あたま、おかしくないですか？」

「だからだめですよ」

どう訊けばカッコよくなるだろうか。難しい。

今月の中本は不調だ。気圧が原因なので頭痛薬も効かないらしい。透恵の場合、気圧は大丈夫だが、突然具合が悪くなる。感情の波が激しいので、落ち込む時はすごく落ち込み、ハイな時はすごくテンションが高い。

楽しい予定があるとそれまで楽しい。それを楽しみに週末まで仕事をがんばる。週五日働くと疲れるが、疲れていても楽しい予定に行けるなら、仕事にだって行ける。週末の楽しい予定のために仕事をがんばって、お金を稼ぐのだ。

整体に行くようになって疲れはなくなったが、一回の施術料金が高い。健康になるためにはお金がかかる。健康になって働き、お金を稼いで施術代に充てるのだ。そしてシックスパックのパンダに会いに行くんだ。

リラックマグッズだって買いたい。リラックマストアへ行くときの予算は一回三〇〇〇円だ。リラックマグッズで一番買っているのは付箋だ。毎月二束は使いきる。付箋の消費は激しい。付箋を何にそんなに使っているかというと、リストだ。土日のやることリストに使う。

金曜の夜に土日にやることを書き出す。毎週やるのは一週間のお弁当のおかず作りと、おにぎり作り、洋服のアイロンかけ、などだ。その他にも録画しておいたテレビ番組を見たり、本を読んだり。やりたいことを書き出す。

テレビを見ていると疲れるので、夜は録画するようにしている。録画しておけば好きな時に見られる。リアルタイムで見ようとすると時間に追われる。眠くなったりするので、見たいものはとりあえず録画することにした。自分の見たいときに見るようにしたらもっと楽しめた。

付箋にやることを書くと、動かせるので優先順位をつけやすい。他にもほしいものや、行きたい場所のリストも作っている。ぱっと飛びついて買うと失敗するので、ほしいものは四八時間考える。人の物欲の持続時間は四八時間らしい。でも、衝動買いしてしまうこともある。本はすぐに買ってしまう。本代は削れない。

物欲はお金で解決できる。四八時間経つと消えたりもする。でも欲というのは楽しみだとも思う。欲があるからがんばれることもある。欲というのも悪いことばかりじゃない。ほしいものを買うために、仕事をがんばるしかないのだ。

発売日決定

七月最初の火曜日の朝一〇時に、ラグーナ出版の川畑さんが会社にやってきた。以前、高橋が会ったのは会長の森越さんで、川畑さんに会うのは初めてだった。

今日はみんないない。高橋と透恵と上野しかいない。斉藤も中本も具合が悪くて休みで、前田が来るのは午後からだから他にいない。

「いらっしゃいませ。倉科です。わざわざすいません」

「初めまして川畑です。東京に用事がありましたので、出版についての契約などお話ししようかと思ってきました」

出版の契約！　ついに出版が決まる！

鹿児島から来た川畑さんのイントネーションは鹿児島の親戚に似ていた。鹿児島の人ってこんなアクセントだ。懐かしい。

「原稿のほうはどうですか？」

「もうすぐ完成です。一〇月二二日までに出版したいんですが、今から入稿して間に合いますか？」

「大丈夫ですよ。すぐにいただければ間に合います。校正のやりとりが二回あります。その後印刷に入ります」

なんとしてもお寺のようなイベントに間に合わせなければいけない。

「冒頭から人を呪っていたので、ラグーナさんの審査基準に引っかかってだめかと思いました」

「いえいえ。そんなことないですよ。私は文庫を三回読みました」

なんていい人なんだ。三回も読んでくださるなんて。正式にラグーナ出版からの刊行が決まった。ついに出版。一〇月二二日に間に合わせるためには原稿を完成させないといけない。


カタリ。

ペンを置く音。

ついに原稿が完成した。実際にはペンじゃなくてＰＣで書いたのだが。

読み手から書き手へ、深くて暗い川を渡った。川を渡って書き手になった。長年こねくり回していた話がついに完成した。

原稿が完成したのでラグーナ出版に送った。このあと川畑さんの校正があり、原稿の修正のやりとりが二回あって、校了となる。

これが完成形だ。数年こねくり回していた原稿が、ついに出版になる。

川畑さんとのやり取りで、発売日を一〇月の二〇日以降で決められると言われた。特に記念日がない。二二日にまでには発売したい。

「社長、発売日はいつがいいですかね？」

「二二日」

「お寺の日ですもんね」

「寺？　私の誕生日だからだよ！」

ああ……社長の誕生日……。

うん。まあいいか。覚えやすいし。

「二二日にします」

発売日は一〇月二二日、高橋の誕生日でもあり、中小企業家同友会の障害者問題全国交流会の日になった。

川畑さんとのやりとりは二回あった。七月に、まず一回目の校正。改行を直した。文庫本を作ったとき、ページが足りないかと思ってかなり改行したが、それを全部詰めた。そして、全部読んで矛盾点を探した。川畑さんとのやりとりで、小見出しも入れることになった。そういえば中本が読んだ時も、切れ目がなくて読みにくいと言っていたのだった。病気の人は文字を読むのが遅い人がいる。透恵の場合、それはなくて普通に読めるのだが、読むのが遅い人は、小見出しがあったほうが読みやすいはずだ。高橋と斉藤に手伝ってもらい、書き出した言葉を小見出しとして入れたことで、区切りができた。

全体を直したあと、あとがきを書きたいなと思った。川畑さんからもページはあるから書いていいと言われたので、出版までを書くことにした。三時間で書いてみたら原稿用紙二五枚。本ができるまでの話を書いたら長くなった。これは本に載ったら、二〇〇〇年以降に出版された本の中で一七番目に長いあとがきだと思った。しかし、読んだ川畑さんがあとがき用にそんなにページがないからと、まとめて短く修正したのを送ってくれた。二五枚が短くまとまった。これだけ削れるのだな。二五枚だと一章分くらいあったかもしれない。書きすぎてしまった。でももったいないので、本の宣伝用に作ったfacebookページに、分けて毎日投稿した。本ができるまでがわかるので宣伝になる。

facebook以外にツイッターもやることにした。リラックマくんにお詫びしないといけない。勝手にリラックマくんのツイッターのことを書いてしまった。クマくんとクマ友さんにお詫びだ。勝手に、クマくんとの楽しい思い出を本に書いてしまった。

ツイッターをやっているリラックマのことを偶然知ってから、数年。リラックマのつぶやきを見るのは楽しかった。そのことを本に書いた。勝手に書いてしまったのでお詫びしなければいけない。アカウントをペンネームで作ろう。ツイッターアカウントを倉科透恵《くらしなゆきえ》で作った。

クマくんにお詫びを書いた。

「リラックマくん。倉科透恵と申します。年内に本を出版予定です。その本の中にリラックマくんのことを書いています。勝手にごめんなさい。私にとってリラックマくんとの大切な思い出なので本に載せることを許してほしいです。お願いいたします」

リラックマくんからはすぐに返事がきた。秒速のクマ。

「たのしみにしていますよ」

なんていいクマなんだろうか。心の広いクマだ。

金曜になると「はなきん」と言って喜ぶのがかわいい、リラックマ。おかずが一品増えるらしい。でも、台風の時は気をつけてほしい。いつも台風の時に、着ぐるみを干して飛ばされているから。

本には、クマくんからお返事をもらえた時のことを書いた。あれがベストオブベストのシーンだ。一番の感動シーンだ。

リラックマくんありがとう。

SPIS始まる

八月になって、会社に大阪から来客があった。オグシステムの小栗さんといって、システムを作っている会社の社長さんだった。精神障害者の人のために、体調管理システムを開発したそうだ。そのモニターをやりませんか?と高橋印刷に来たらしい。

高橋印刷には四人の精神障害者がいる。透恵、中本、田中、大山だ。透恵が統合失調症、中本と田中が発達障害、大山が鬱。社員の半分が障害者だ。さらに実習生も精神障害者なので、会社にいる人の半分はなんらかの障害を持って働いている。

体調管理システムは、当事者と高橋と、もう一人支援者がいるらしい。来週、担当してくれる人たちが説明に来てくれるそうだ。

どんなふうに体調を管理するのだろうか。開発した人も病気らしい。自分の経験から開発したので、病気の人には使いやすいのかもしれない。

支援者として福蔵さんと石原さんという男性が来た。席がないので会社のそばのファミレスで打ち合わせをした。石原さんから説明があった。

「システムの名前はエスピスといいます。綴りはＳＰＩＳです。体調管理ができるシステムですが、みなさんの不調の原因は人それぞれだと思います。ＳＰＩＳでは、不調の部分を自由に設定できます。それを四段階で表します。あとは、その日あったできごとを書ける欄があります。それを見て社長さんと私たちがコメントします。倉科さんの担当は福蔵さんになります」

なるほど、項目を自由に設定できるのか。

「倉科さんの不調の項目は何にしますか？」

「そうですね。うーん。一日のなかで波があるので、まず、疲れたですね。それから落ち込む、ハイな気分になる。焦る。あとなんだろう。あっ、冬になると吐き気があるんです。それもいいですか」

「五項目ですね。とりあえずはそれでいいですか？」

「はい」

ＳＰＩＳはネットからログインするので、あとでＵＲＬを送ってもらうことになった。数日後、モニタリングが始まった。四段階なので中間がない。よいか悪いかだ。

今日はそんなに疲れていない。三。

落ち込んではいない。三。

ハイな気分にはなった。二。

ちょっと焦った。二。

吐き気はなかった。三。

こんな感じだろうか。今日ハイな気分になったのは、川畑さんから二回目の校正が届くと言われたからだ。完成が近づいてきている。これが最後の修正になる。郵便局のレターパックで届く。

福蔵さんは出版のことを知らないので、コメント欄に書いた。「一〇月に出版予定で、最終原稿が間もなく届くことになりました。それで今日はハイになりました」。翌日見たら、福蔵さんからコメントがあった。「出版されるんですね。吐き気や疲れがなかったようでよかったです」。なるほど。社長のコメントはないが、こうやってやり取りできるんだな。

項目はとりあえず五つでいいと思う。他に特に思いつかない。仕事終わりにＳＰＩＳに記入してから帰るようにした。スマホでもできるのだが、パソコンのほうが書きやすい。毎日仕事終わりに一日を振り返ると、自分は気分の波があるなと思った。福蔵さんのコメントは翌日の朝、ＳＰＩＳを見るとついていた。高橋は毎日ではないが、遅れてコメントをしてくれた。

これは体調管理にすごくいい。自分の体調の波がわかる。高橋印刷はモニターらしいのだが、いずれは全国展開するのだろうか。広まってほしいと思う。ＳＰＩＳに仕事のことと、原稿の進捗について毎日書いた。聞いてもらえる人がいるというのは嬉しい。

福蔵さんは月一回会社にくる。三カ月に一回かと思っていたので、「三カ月経ったんですね」と高橋に言ったら、「何言ってんの？　一カ月に一回だよ！」と言われた。

一日一改善

ＳＰＩＳの項目に「焦る」がある。仕事がたくさんあると焦る。これをなんとかしたい。そうだ。家で「ますノート」にＴｏＤｏリストを書いているように、会社でも「とどリスト」を作ればいいんだ。やったことを付箋に書いて、終わったらはがすと、達成感がある。たまっていく付箋が楽しい。会社のパソコンに、やることを付箋に書いて貼ろう。貼ってみた。貼ったそばからハラハラ落ちる。めげずに貼っても全部落ちる。

「ああっ」

落ちるたびに悲鳴が出る。悲しくなってレコーディングに行った。レコーディングとは、トイレ↓おトイレ↓音入れ↓（翻訳）↓レコーディングなのだ。某小説に出てくる。帰ってきたら、中本がパソコンのモニターの上部に紙を貼ってくれていた。紙を貼った部分に付箋を貼ったら、落ちにくくなった。

「ありがとうございます!!」

「現実逃避です」

紙を貼っても一部は落ちる。ノートに書くことにした。朝、会社に来てやることを書き出した。メールを見て、注文のメールを印刷する。印刷したものをお客様ごとにクリップで止める。ノートに工程を書き出す。A社は入力、校正、サンプルメール。B社は入力、校正、一枚チェック、印刷、カット。工程をすべて書く。終わったところまで消せばわかりやすい。

午後にまた確認しよう。先に入力から始めよう。

何かほかにも改善できないだろうか。この間の会社のミーティングで、注文書のエクセル化の話がでた。一部の会社からはエクセルの注文書が来るが、FAX注文のところもある。注文書をすべてエクセルにして、メールでやりとりできたらお互いに楽になると思う。

仕事を改善したらミスが減って、焦らなくなって、効率が上がる。改善だ！　一日一個改善だ。リノベーションだ。

まず机を片付けよう。クリップがたくさんある。注文のメールやＦＡＸを個別にまとめるので、たくさん必要なのだ。でも黒いダブルクリップはかわいくない。これを改善だ。マスキングテープでかわいくしよう。

金曜日に会社のダブルクリップを家に持って帰って、マスキングテープを貼った。マステを貼る作業をしていたら過集中になった。自分でもよくわからない境地。ゾーンに入った。四五個は貼った。月曜に会社に戻した。クリップがかわいくなった。一改善。

エクセルの注文書の作り方を斉藤に習った。データを入力するシートと、入力したデータを反映させて確認するレイアウトシートの二つで注文書はできている。エクセルはそんなに使えないのだけれど、注文書を作ってみた。田中にチェックしてもらう。関数とか範囲が間違っていたらしい。

取引先にエクセルの注文書を使ってくれるかを聞いてみた。承諾してくれたところを順番に作っていく。聞いていないところも含めると、二〇社くらいは作成した。通常業務の合間に少しずつ作っていった。だいたい一つ二時間でできる。もう少し早くできるといいのだが、エクセルは難しい。普段仕事で使うのは、エクセルではなくイラストレーターなので慣れない。次はもっと上達したい。

その他にも少しずつ改善した。名刺の紙の在庫表が古いので、実際の保管場所と違う。最新のものにした。不便を便利にだ。あらさがしのようだが、便利にするためにあらを探す。少しずつ改善だ。文房具の開発と同じだ。文房具は進化している。会社も進化させる。

ポッキーアート誕生日編

田中がまだ起きていないようだ。電話をかけても出ない。時間は一一時過ぎ。そういえば今日は田中の誕生日だ。起こして、みんなでケーキを食べよう。ケーキ食べたい。そのために起こそう。しつこく電話して、やっとつながった。

「もしもし！　起きましたか？」

「今、起きました」

「田中さん、ハッピーニューイヤー」

ドヤ声で決まった！と思った。

「……えっ？　ニューイヤー？」

ああっ、しまった。間違えた。

「ハッピーバースデーです。とりあえず早く来てください！」

「は、はい」

「早く来てくださいね。失礼します」

「失礼します」

間違えてしまった。大事なところを間違えた。激しく落ち込んだ。なんとか挽回したい。ケーキを買ってこようか。それでは普通だ。

そうだ。ネットで、「うまい棒」でメッセージを作っているのを見た。新入社員に「WELCOME」ってうまい棒で作ってた。でもうまい棒って大きい。会社の机はそんなに大きくない。もっと小さくて細いものがいい。

ポッキー！　ポッキーならいい。昼休みにポッキーを買いに行って、ポッキーを使ってメッセージを書いた。

「HAPPY　BIRTHDAY　TANAKA」

四時過ぎに来た田中に見せた。先ほどの失敗は挽回できた。

最終チェック

　校正二回目が届いた。実際の組版の形で来た。この形で本になる。家よりも外で作業するほうがはかどる。サイゼリヤに行った。お昼に行ったので、「サイゼリヤ　おすすめ」で検索しておすすめのメニューを調べた。これならはずれがない。ミラノ風ドリアと小エビのサラダとドリンクバーを頼んだ。ドリンクバーで粘る。リラックマの赤いフリクションを使い、二時間かけて最後の修正をした。これが最終校正。それなのにまだ矛盾点があるのを見つけた。時系列が変だ。季節がおかしい。見つけてよかった。あとは少し書き足した。校正が終わって、「プリンとセミフレッドの盛り合わせ」でティラミスを頼んだ。甘さが体にしみる。

　これが最終だ。いろいろあったけれど、本になる。帯の言葉ももらった。榎本さんのイラストができ上がったので堀之内さんが装丁を作ってくれた。イラストは最初モノクロで頼んだ。堀之内さんがモノクロと加工したセピア、二通りのデザインを出してくれた。モノクロもいいけれど、みんなに訊いたらセピアをすすめられた。背景のラインは涙のあとをイメージしたものらしい。堀之内さんに装丁してもらえてよかった。すごい素敵だ。

榎本さんに食べている後ろ姿を描いてもらった。座っているときの足の形がそっくりだと中本に言われた。ああいう風に座っているらしい。紙コップに仕掛けがあって嬉しかった。帯で隠れるけど、外すとわかる。

先生二人の帯の言葉が並ぶとすごい。すごい組み合わせなのだ。わかる人にはわかる。

本のチラシも堀之内さんが作ってくれた。堀之内さんはすごく素敵な紹介文も書いてくれた。これをばらまく。チラシを使って、ラグーナ出版に注文のＦＡＸができるようになっている。

校正の装丁者のところに榎本さんと堀之内さんの名前が載っていた。もうすぐ本になる。

お礼の準備

本が来月発売なので、お世話になった人に食事をご馳走しようと思った。人数が多いので食べ放題とかがいいだろうか。何かないかと思ったら、昔、焼肉食べ放題のチラシが会社にFAXで来ていて、とっておいたのがあった。えらいぞ私。よくとっておいた。お店はここにしよう。新宿の焼肉食べ放題。お礼する人に日程を連絡した。一五人くらいいる。みんな来れるだろうか。

鹿児島のラグーナ出版にもお礼に行きたい。今から予約できるかな？　一一月に行きたい。旅行会社にすぐに行った。現在九月末、一一月の予約が取れるだろうか。飛行機は取れたが宿が見つからない。ビジネスホテルは全部埋まっていた。高いけれど駅直結のホテルが一室開いていた。駅直結なんて便利。高くてもいい。部屋があるなら。ラグーナさんにお礼を言いに行ける。お世話になった人たちにお礼ができる。あとは本の発売だけだ。

本は発売日前に届く。食事会よりも早いから、先に本を送ろう。添え文をしよう。この間、「ポタリングキャット」という小さいサイズの猫の原稿用紙を買ったんだ。あれを使おう。一五人くらいに書くとしたら足りない。あれどこで買えるんだろう。この間は期間限定のショップらしかった。ググってみたら、いろいろなところで期間限定で販売していて、近々谷中で販売するらしい。おお、谷中。谷中は美味しいものがいっぱいだ。秋だけど、かき氷食べたい。「ひみつ堂」に行きたい。夏は大行列だけど、秋なら少しすいているかも。かき氷食べて猫のお店に行こう。かき氷、メンチカツ、猫のしっぽドーナツ、コンビーフ。おお、食べたいものがいっぱい。それまでお弁当を作って節約だ。軍資金を貯める。

谷中の商店街には土曜の九時前に着いた。かき氷屋さんに行ってみたら行列ができていて、整理券を配っていた。一年中行列だ。早く来てよかった。九時に来て、食べられるのは一一時だった。他にお店が開いていないので、商店街の近くの喫茶店に入った。本を読みながら一一時まで待った。一一時前に商店街に行って、メンチカツと猫のしっぽを一個ずつ食べた。大丈夫。かき氷は水だから、このあとも食べられる。お店に行ったら、一五時の整理券を配っているところだった。早めに行ってよかった。一一時にお店に行って「ひみつのいちごみるく」を頼んだ。

お店の人が二人体制でひたすら氷を削っている。あの二人は腱鞘炎にならないんだろうか。かき氷に蜜がこぼれるくらいかけられる。お盆に蜜がこぼれている。一年中行列ってすごい。冬でも並ぶんだな。

出てきたかき氷は、口の中でスッと溶けた。蜜が甘い。他の部分にも練乳がかかっていて甘い。美味しい。行列になるのがわかる。これは食べてもキーンとならない。氷が細かいのでいくらでも食べられる。秋だけどかき氷は美味しかった。夏はすごい大行列だから、夏以外にまた来よう。

かき氷を食べたあと、猫のグッズを売っているお店を探した。谷中は路地裏にお店があったりする。地図を頼りに狭い道を歩いた。地図がないとたどり着けない。スマホの地図便利。本当にこんなところにあるんだろうかという細い路地を抜けたところに建物があった。小さなスペースで猫のグッズが売られていた。

ほしいのは、小さな原稿用紙に猫が載っているもの。縦書きと横書きがある。両方買った。なかなか買う機会がないだろうから三冊ずつ買う。この日のためにお金は工面した。透恵よ、好きなだけ買うがいい。

原稿用紙とセットの封筒も買ってみた。お揃いだとかわいい。一筆箋もかわいい。これも買おう。ハンコもある。原稿用紙のハンコ。これも買う。ポストカードかわいい。これはやめよう。買いすぎだ。原稿用紙をたくさん買ったらお店の人がポストカードをサービスで一枚くれた。たくさん買ってよかった。ポストカードほしかったのだ。

それからお昼を食べにカフェに行った。このカフェにサバサンドがあって食べてみたかったのだ。サバサンドはボリュームがあって、サバが新鮮で、美味しかった。さらにパフェも頼んでしまった。食べすぎな気がするが、かき氷の大半は水だ。大丈夫。

帰りに新宿の郵便局本局に寄って、本を送るためにスマートレターをたくさん買った。今日は散財してしまった。明日から清貧に生きよう。普段はお弁当を作って節約しているから、外食するときは好きなものを食べる。でも疲れていると外食は味が濃く感じる。お弁当を作ったほうが減塩だ。自分で作ったほうが味の濃さを調節できる。帰りにお弁当の材料を買って帰ろう。月曜日からお弁当だ。

添え文用に原稿用紙を買ったので、お手紙を書くことにした。いくらでも書ける。一枚九〇〇文字書ける原稿用紙だ。でも猫が書くのを邪魔する。それがかわいい。

ミスタードーナツでコーヒーをおかわりしながらひたすらお手紙を書いた。コーヒーおかわりできるなんてミスド神対応。お手紙も書いたし、本を送るためにスマートレターも用意したし、あとは本が届くだけだ。

出版祝い

現在の会社の社員は三人。斉藤、透恵、中本。田中は社員ではなく、フリーで会社の仕事を手伝ってもらっている。トランプの仕事をしているパートの前田と牧原と大山。全員がそろうことはあまりないのだが社長を入れて八名だ。会社で働く人たちの半分以上が精神障害者だ。それから実習生が来ている。病気の人が多いが仕事は回っている。そんな会社の話を原稿に書いた。もうすぐ本になる。Ａｍａｚｏｎにページができた。予約できるようになった。Ａｍａｚｏｎに載れた。書店は無理でもＡｍａｚｏｎに載れた。

Ａｍａｚｏｎのページができたので、ツイッターでリラックマくんにお知らせした。そしたらなんと、リツイートしてくれた。全国のクマ友さんに拡散された。＃クマ友の輪だ。

全国の書店でも一部で販売してくれるらしい。リストをラグーナの小川さんが送ってくれた。新宿の紀伊國屋書店とか八重洲ブックセンターで置いてもらえる。吉祥寺のジュンク堂も。リラックマストアの隣だ。リラックマ見たあとに寄ろう。

ラグーナの川畑さんから電話があった。自費出版して委託販売した二〇〇冊が書店からの注文ですでに売れたので、重版が決まったとのことだった。重版は七〇〇冊。一気に在庫を抱えてしまったが頑張って営業する。二刷目からは印税が入ることになる。しかし、これは発売日までは言ってはいけないらしい。ＳＮＳに載せてもいけないらしい。

王様の耳はロバの耳。せめて、会社の人には言いたい。重版になったのは帯の力だと思う。

無名の新人の本が売れるわけがない。帯がすごいから書店が興味を持ったんだ。高森先生と坂本先生の帯はすごい。感謝だ。

発売までもうすぐだ。発売前に本が会社に届くことになっている。

発売の一週間前。本が会社に届いた。

ついに本になった！

段ボールにギュギュッと詰め込まれた本。一〇〇冊。積年の思いが形になった。ついに出版。

本をいち早くお世話になった人たちに送らなくては。準備はしてある。スマートレターに詰めて送るだけ。本を送ると食事会の前日に届くのだが、これは食事の時に渡したほうがいいんだろうか。でもスマートレターたくさん買ってしまった。全員分持っていったら重い。送ることにする。食事の時に無事に届いたか聞こう。何人かは当日渡す。

食事会は新宿の焼肉食べ放題のお店でランチになった。飲み放題もついている。集まったのは、高橋、斉藤、中本、田中、本木、綾小路、仲田、福蔵、堀之内、榎本、大山、透恵を含め一二名。何人か都合が悪く、参加できなかった。早く肉を焼いて食べたかったのだが、高橋の提案で、みんなから一言ずつもらった。本ができたのも、勝手に登場させて、事後承諾してもらった皆様のおかげだ。感謝だ。

「皆様のおかげで本が出版できました。ありがとうございます。ここだけの話でまだ言ってはいけないんですが、重版決まりました！　七〇〇冊重版です。二刷目から印税入ります。印税でまた食事に行きましょう！」

みんなを巻き込んで本が出版された。今日はお祝いだ。たらふく肉を食べてほしい。飲んでほしい。みんなでたくさん肉を焼いて食べた。肉以外にもメニューはあって、カレーが美味しかった。

食事のあと、高橋から「みんなから」とプレゼントをもらった。仲田さんからは御祝儀。福蔵さんからはお菓子をもらった。みんななんていい人なんだ。帰ってプレゼントを開けたら、お菓子と、キティの旅行用バッグと、リラックマの円座クッションと、リラックマの顔の形にご飯が作れる型と、おにぎらずの本が入っていた。

円座クッションは堀之内さんからだった。円座クッションは痔にいい。きっと私が痔だと思ってプレゼントしてくれたんだ。私、痔じゃないけど、痔の予防にもなると思うので会社で使おうと思う。痔対策をしよう。

おにぎらず本は社長だと思う。お昼に毎日冷凍したおにぎりを電子レンジでチンしているのが嫌なんだと思う。だって社長、電子レンジ嫌いだもの。

お菓子は会社で食べよう。クッションと一緒に持っていこう。

重版になって印税が入ることになった。印税は一〇%じゃないから少ないけど、またみんなで食事に行けるといい。次はもっと豪華にしたい。焼肉食べ放題だったから、次は高級焼肉叙々苑に行きたい。みんなに叙々苑でご馳走したい。そのためには本をたくさん売らないといけない。一万部だ。叙々苑に行くためには一万部売らなければいけない。

Ｒｏａｄ　ｔｏ　叙々苑。

叙々苑目指すぞ！

お礼のお食事も終わったし、あとは発売と、ラグーナさんにお礼だ。

本発売

本を送った一人である、文房具屋の岸さんから封筒が届いた。何だろう。封筒を開けたら文房具が入っていた。限定のボールペンだ。本を送ったらお返しが届いた。岸さんは文房具にも精通しているのだが、名刺にも詳しく、名刺の関係で知り合った。さすが文房具屋さんだ。レアな文房具を送ってくれるなんて。お礼をメールしたら、文房具屋なので文房具があったから送ったとのこと。なんて嬉しい心配りだろうか。

メールに先生と書いてあった。先生！　ラグーナの人にも呼ばれたことないのに。これはあれだ。ガンダムのアムロが「殴ったね！　僕を殴ったね！　親にも殴られたことないのに！」って言った心境と一緒だ。

「コトノネ」という障害者や福祉施設を紹介している雑誌の編集長さんにも無事に本が届いた。最初に「コトノネ」を見た時にすごくきれいだと思った。フルカラーの雑誌で写真がきれいで、デザインが素敵だった。作っているのはデザイン会社なのだ。編集長の浦田さんと高橋が知り合いで、会うことがあったので本を渡してもらっていた。

その浦田さんからすごい提案があった。「コトノネ」のホームページに本の宣伝を載せてくださるそうだ。「コトノネ」のホームページに載ったら、すごい宣伝効果になる。読者が何万人といる雑誌だ。すごいことになった。

叙々苑に行くときは、岸さんと浦田さんもお誘いしようと思う。

一〇月二二日、本が発売になった。社長の高橋は愛媛に行った。愛媛に行く数日前に、派手に転んであばらにヒビが入ったが、それでも行った。本を二〇冊も持っていってくれた。本が海を渡った。愛媛の人が買ってくれるといいけど。

全国の本屋さんの一部にも置いてもらえることになった。新宿は三店舗。紀伊國屋書店二店舗と西口のブックファースト。昼休みにブックファーストに見に行った。分類としては病気の棚になるらしい。検索したら精神病の棚だった。病気の本に混ざって、透恵の本があるはず。あった！　病気の専門書の中に『泣いて笑ってまた泣いた』とあると目立つ。違和感がある。

本屋で写真撮影してはいけない。許可が必要だ。ＳＮＳにも載せてはいけない場合がある。店員さんに許可をもらって写真撮影をした。

本当に本屋さんにある。無理だと思ったけれど、本屋に並んだ。帯の力すごい。高森先生と坂本先生に感謝だ。

土曜日に都内の書店巡りをした。新宿の紀伊國屋書店に行って本があるのを確認した。それから東京駅に行って、リラックスマストアに行き、リラックマを眺めて、お弁当を入れる袋と、出版の記念に細長いポーチを買った。ペンケースにちょうどいい。リラックマストアの予算は三〇〇〇円。予算以内に収まった。

その後、八重洲の東京ラーメンストリートに行って、「六厘舎」の大行列に並んだ。他のラーメン屋さんより行列が長い。ここのつけ麺は初めて食べる。時間がかかったが、つけ麺はとても美味しかった。満足して八重洲ブックセンターに向かった。広い。検索しないとわからない。病気の棚に本があった。近くに高森先生の本がある。さりげなく隣にした。店員さんに許可を取って撮影した。高森先生の本と並んだ。

次に丸善の丸の内店に行った。ここも広い。病気の棚が遠い。膨大な本の中に並んでいた。病名の中に、タイトルが目立つ。例えば文芸の棚だとふつうなのだけれど、病名の中にこのタイトルは目立つ。全然病気と関係なさそうに見える。

本が売れるといい。来週は吉祥寺に行こう。リラックマストアに行って、隣のジュンク堂を見よう。

丸善の上の階のカフェに行った。ここは梶井基次郎の短編小説「檸檬」をモデルにしたスイーツが食べられる。小説読んだことないな。檸檬もいつか食べたいけどワッフルがいい。檸檬より小豆がいい。小豆が載ったワッフルを頼んだ。よく歩いたから、つけ麺のカロリーは消費した。疲れたし、糖分をとろう。ワッフルが美味しい。小豆の甘さが疲れた体にしみる。

大きな本屋さんに置いてもらえてよかった。病気の棚であのタイトルは目立つ。病気の本を探しに来て、あのタイトルを見たら買ってくれる人がいるかもしれない。重版になったし、在庫を減らすために営業しなくてはいけない。目標は、印税のお金でみんなで叙々苑だ。

月曜日に社長の高橋が会社に来た。高橋が持っていった本二〇冊は全部売れた。買ってくれたのは愛媛の人ではなく、同友会の関東圏の障害者委員会の人たちだったらしい。

「関東ローム層に売れたんですね」

「みんな、持って帰るの重いでしょって言って、買ってくれたよ」

「関東の人はいい人ですね」

社長の知り合いならいつでもサインします。まだサインをちゃんと覚えていないけれどお手本を見れば書けるようになった。英字と漢字の二種類のサインを専門のところで作ってもらい、英字はなんとか書けるようになった。次は漢字だ。サインってよくわからない。でもそれがサインなのだ。

3. ワカメが流れた

ラグーナ出版訪問

一一月になり、ラグーナ出版に行く日が近づいた。鹿児島は暖かいのだろうか。寒いのだろうか。

お土産は何がいいだろう。東京ばなな。ごまたまご。お菓子は東京限定のものを空港で買おう。東京限定がたくさんあるはず。お菓子以外に思いつかなかったので、ハンズに行って入浴剤を五〇個買った。ラグーナさんは人数が多い。とりあえず足りるだろうか。

旅行用のバッグは、みんなで食事に行ったときにもらったキティちゃんの旅行用バッグと、リラックマのリュックサックだ。夢のコラボ実現。

鹿児島に行く日は四時起きだった。鹿児島に一四時に着きたかったので、早朝の空港までのバスに乗った。もう一本遅いバスでもよかったのだが、そのバスにはトイレがついていなかった。なぜ全部のバスにトイレをつけないんだ。トイレのあるなしで料金が違うのだろうが、長時間乗るのでトイレがついてないのは不安だ。トイレつきに乗るために四時起きになった。五時のバスに乗って空港に行った。空港に早く着きすぎてしまった。全部のバスにトイレさえついていればちょうどいい時間に来られた。バスの中でトイレを一回使用したので、トイレつきでよかったけど。

空港でお土産のお菓子を選んだりしていたのだがまだ時間があったので、カフェでパンケーキを食べた。今日は朝が早かった。二回目の朝食だ。

余裕をもって搭乗手続きができて、飛行機に乗った。電車に乗れなかった人が飛行機に乗れている。すごい進化だ。

出版でお世話になった人たちにお礼が言える。たくさんの人にお世話になった。小川さんにも会える。

鹿児島空港に二時に着いて、そこからバスだ。駅でラグーナの川畑さんと待ち合わせしている。飛行機は無事に着いて、バスに乗り駅に向かった。川畑さんを待たせてしまったが無事に会えた。

「川畑さん」

「倉科さん。いらっしゃいませ。この人はラグーナで働いている土屋さんです」

「よろしくお願いします」

ラグーナ出版は駅前のビルだと聞いていたが、まったくわからない。迎えに来てもらってよかった。

「お昼はどうしますか？　何か食べたいものはありますか？」

食べたいもの。ラーメン？　ご当地ラーメンを食べたい。

「鹿児島ラーメンを食べたいです」

「鹿児島のラーメンはこってり系です。大丈夫ですか？」

「はい」

こってり。鹿児島だから豚。豚骨だろうか。駅近くのラーメン屋さんに連れていってもらった。ラーメンはこってりでチャーシューがとろとろで美味しかった。

ついにラグーナ出版に到着した。ラグーナ出版は広くて人がたくさんいた。この人たちに本を作ってもらったのだ。お世話になった人たちにお礼を言った。

「ありがとうございました」

装丁のやり取りをしてくれた人。Ａｍａｚｏｎに載せてくれた人。皆さんにお世話になった。残念ながらお世話になった小川さんが営業で出かけていて会えなかった。いろいろお世話になった小川さんがいないのが残念だった。

絵本を作っているのを見せてもらった。子ども一人ひとり専用の絵本だそうだ。豆本も見せてもらった。小さいけど確かに本だ。

希望者にサインをした。まだ英字しか書けないけれど、見本を見れば書ける。ペンは紙用マッキーだ。裏うつりしない紙用のマッキー、便利。

皆さんにご挨拶したあと、別室で座談会をしましょうと言われた。ラグーナ出版から出た『統合失調症をたどる』という本の著者の方たちと、病気について座談会をすることになった。座談会の内容は、同じくラグーナ出版から発行されている、病気の人が投稿できる文芸誌『シナプスの笑い』に載るそうだ。

『シナプスの笑い』に載れることになった。座談会をする皆さんは文章も書けて、デザインもできて、絵も描けるらしい。文武両道だ。水陸両用だ。川畑さんに載せたくないところは削りますと言われたので、皆さんと自由に楽しく話した。どこが使われるかわからないけれど、『シナプスの笑い』に載れてしまう。ラグーナ出版に来てよかった。

ラグーナ出版に来た目的は、お礼を言うことと、もう一つあった。文章も書けて絵も描ける皆さんにお願いしたいことがあった。『かつくら』への投稿だ。『かつくら』という雑誌がある。小説の雑誌で、小説家のインタビューが載っていたり、書評があったりする。小説の登場人物に投票できて、文章でもイラストでも投稿できる。

透恵は『かつくら』を二号から愛読している。地元の小さな本屋さんが、毎号一冊だけ入荷してくれた。出版したので一度載ってみたい。登場人物への投票は一票から載せてくれる。『かつくら』への投稿をラグーナ出版の人たちにお願いしたかった。川畑さんが雑誌の募集要項をコピーしてくれて、みんなにお願いすると言ってくれた。『かつくら』に名前が載るかもしれない。長年の夢が叶う。

川畑さんと夕食の約束をしてホテルに行くことにした。駅直結のホテルらしい。ビジネスホテルが空いてなくてこのホテルになった。本当に駅すぐだった。迷わないからよかったかもしれない。あの時、他に空いていたのが駅から車で行くホテルだったので、こっちにしてよかった。

駅前でお土産が買える。何がいいだろうか。かるかん？　つきあげは買おう。それは帰る前日にしよう。ご当地キティとリラックマ買おう。あった。白熊キティとリラックマ。あと砂風呂リラックマ。白熊見たら食べたくなった。白熊食べに行こう。二泊三日の予定なので明日、白熊食べに行こう。その前に川畑さんに鹿児島の本屋さんを案内してもらえることになった。鹿児島の本屋さんが本を置いてくれているらしい。また写真を撮りたい。

夕食の時にラグーナ出版の会長の森越さんに会うことができた。森越さんは精神科医で、診療があったので昼間は会えなかった。夕食は鹿児島の郷土料理が食べられるお店に入った。バイキング形式できびなごやつきあげ、さつまいもの天ぷらがあった。さつまいも天ぷらは母も好きだ。透恵の母は鹿児島出身なので、家の醤油は甘い。お店のお醤油も甘かった。

「明日は車で鹿児島の本屋を巡りましょう。何軒か置いてもらってます」

「何軒も！　お願いします」

鹿児島の本屋さんは何軒も置いてくれているらしい。鹿児島の本屋さんは親切な本屋さんだ。明日の一〇時にラグーナ出版で待ち合わせになった。今日一緒にお昼を食べた土屋さんも一緒だ。三人で車に乗って本屋巡りをする。楽しみだ。

寝る時間と起きる時間は毎日一定にしているので、旅先でも変わらない。リズムが大切だと思う。休みの日は二度寝しても、平日と同じ時間に目覚ましをかけている。だから二二時に寝て、六時三〇分に起きた。ホテルではぐっすり眠れた。

朝はホテルの朝食だ。朝食前にコンビニへ行ってお茶とお水を買ってきた。駅前って便利だ。コンビニが近い。買ってきたお水で、部屋のポットでお湯を沸かして、持ってきたティーバッグのジャスミンティーを淹れた。お茶を飲んで朝食に行った。朝から量がたくさんあって美味しかった。部屋に戻って薬を飲んだ。何か食べてから薬を飲まないと胃が荒れる。さっき買ってきた冷たいお茶を飲みながら、スマホで本を読んだ。カインドル便利。間違えたキンドルだ。電子書籍だと荷物が減って楽だ。でも紙の本も好きだ。どっちにも利点はある。

一〇時にラグーナ出版に行った。駅前の大きなビルなので迷わなかった。川畑さんが車を運転して本屋に連れていってくれた。一軒目ではまさかの平積みだった。病気の棚ではなく、文芸の目立つコーナーにあった。隣が芥川賞の『火花』だった。『火花』の隣に並んでしまった。二軒目で検索したら病気の棚にあった。三冊も置いてあった。三軒目も二冊あった。鹿児島の本屋さんはたくさん置いてくれている。初めて平積みを見た。東京では棚に一冊あるだけでも嬉しいのに、まさかの平積み。あんなに置いてもらって売れるだろうか。

本屋巡りのあと、お昼に焼肉を食べましょうと言われた。鹿児島県民ならなじみのある焼肉屋さんらしい。ケンミンショーで見たことがあるだろうか。

車が運転できるといろいろなところに行けるのだな。でも会社の人には適性試験で落ちるって言われたし、運転すると人格が変わりそうって言われたし、電車とバスと徒歩でなんとかなるから免許はいらないかな。

お昼は焼肉をご馳走になった。お肉がおいしい。鹿児島のブランド牛ってなんだろう。でも黒豚も有名だ。

昼食のあと、桜島に連れていってもらった。ここは車でないと行けない。フェリーに乗る時間は思ったより短かった。すぐに着いた。桜島は噴火の心配もなく落ち着いているらしい。灰が降ったら大変だ。桜島はとても広かった。観光地になるように開拓した人はすごい。

桜島で川畑さんが高橋印刷へのお土産に、桜島大根の漬物を買ってくれた。みんなでお昼に食べようと思う。

本屋巡りと桜島観光ができてよかった。車がないと無理だ。川畑さんに感謝だ。明日帰るのでここでお別れになった。川畑さんが全部食事をごちそうしてくれた。

親切は心接とも書く。心で接する。川畑さんは心接にしてくれた。川畑さんが東京に来たときは超大接待しよう。

原因不明の不調

ホテルに戻ったら一五時過ぎだった。天文館に行ってみたい。白熊を食べたい。路面電車に乗って天文館に行った。天文館の商店街は大きかった。白熊のお店の場所をスマホの地図で探した。お店の前に巨大な白熊がいる。寒くても鹿児島の人たちは白熊食べるんだな。小さいサイズの白熊を頼んだ。大きいのは無理かもしれない。白熊は小さいサイズでよかった。キンキンに冷えていて、最後のほうは舌が麻痺してきた。夏は美味しいんだろうな。今は一一月だもの。でも美味しい。白熊を食べ終え、帰ることにした。帰りの路面電車で気分が悪いなと思った。ホテルが駅近くでよかった。

ホテルに帰ってから吐き気とだるさがあった。何かあっただろうか。今日食べたのはホテルの朝食と焼肉とかき氷。肉はちゃんと焼いた。かき氷かな？　冷たいものがよくなかったんだろうか。お腹も痛くなってきた。なんだろうこれ。吐いたり、下したりだからノロ？　ノロわれた？　水が合わなかったのかな？　鹿児島の水が合わないんだろうか。体もだるい。何度かトイレに行ってベッドに横になっていたら少し回復した。薬は何を飲んだらいいんだろう。病気の薬は飲まなければいけない。空腹で飲むと吐き気がする。何か食べなければいけない。コンビニ行こう。近くにあってよかった。

お土産買ってない。明日の朝は早いから今のうちに買ってこなきゃ。気力だ。気力だけで外に出た。お土産買わなきゃ。クラクラしながらも、会社のお土産に、川畑さんにおすすめされたかりんとうと、家へのお土産につきあげを買った。母はつきあげが好きだ。でも選ぶ余裕がない。とりあえず買った。今日の夕飯も買わないといけない。お水も買おう。おにぎり二個とお水を買った。吐き気があるので水が必須だ。吐き気がある時に胃の中に何もないとつらい。水だけでも飲んでおくと吐く時に楽だ。

ホテルに帰ってベッドで休んだ。少し回復したので食べることにした。おにぎり食べても吐いてしまうかもしれないけれど、薬を飲むから食べよう。お風呂をどうしようと思ったのだが、シャワーを浴びることにした。明日は回復しているといい。明日は一〇時の飛行機だ。

朝起きたら、昨日よりはましだけれどまだだるさがあった。でも吐き気はない。薬を飲むので朝食を食べに行った。元気だったらもう少し美味しく食べられた。残念だ。だるさはあるが動ける。今日帰らないといけない。気力で動いた。ホテルを出てバスに乗って空港まで行った。お昼に東京に着いたのだが昼食を食べる気になれない。空港からのバスを待つ間、座って休んだ。何が原因でこんなに具合が悪いんだろうか。でも帰らなきゃ。そういえば、去年もこの時期、具合が悪かった気がする。この時期、不調になるんだろうか。魔の一一月。午後になんとか家に帰り着いた。タクシーで帰ればよかったのかもしれないが、車に酔って吐きそうで使えなかった。旅行の片づけもそこそこに横になった。とりあえず帰ってこられた。昨日よりはひどくないから大丈夫。明日は月曜日だけれど会社に行けるだろうか。お土産を持っていかないといけない。

月曜日にはだいぶ回復したので出勤した。川畑さんからのお土産、桜島大根の漬物とかりんとうを持っていった。会社には行けたのだが、また具合が悪くなってしまった。さらにパソコンが動かなくなった。ネットワークがおかしくなって、全部使えなくなった。頼みの綱の田中がまだ来ない。斉藤が一生懸命に復旧作業をしている。そのそばで透恵は身動きがとれなかった。朝は大丈夫だったから会社に来られたけど、回復していなかったようだ。パソコンが治る頃に、体調も回復した。原因が不明だ。疲れだろうか。でもずっと車に乗って楽してたはずなのに。

火曜日には回復した。お昼に川畑さんからお土産にもらった桜島大根の漬物をお皿に分けた。漬物はすべてお皿に盛った。今日はお昼に三人しかいない。中本と大山は具合が悪くてお休みだ。三人なので漬物が山盛りだ。

「川畑さんからのお土産です。桜島大根のたくあんです」

「なに、この量！　盛りすぎ！　全部載せたの？」

「はい。均等に分けました。ご飯のお供にしてください」

会社にいたのは高橋と斉藤と透恵だけだった。三人なのでたくあんが山盛りだ。

「なんで全部つけちゃうのよ！」

会社に保存容器がないので全部盛りつけただけだ。

「すごい量！　喉渇く」

二人とも文句を言いながら漬物を食べた。せっかく川畑さんが桜島で買ってくれたお土産なのに。でも量が多かったかもしれない。漬物は美味しかった。三人で分けるには量が多かったけれど。

ラグーナさんはどうだったか高橋に訊かれたので、豆本とか絵本を作っているところを見せてもらったと言った。

「写真は？」

「撮りましたよ。ドア。来月引っ越すそうなので記念にドア撮りました」

「社内は？」

「撮ってないです。お仕事中にお邪魔したし、お礼を言うのを優先してました」

「本作るところ見せてもらったんでしょ。なんで撮ってこないの！」

「仕事中だったので」

引っ越したところも行きたいな。来月引っ越しか。あっ。引っ越し祝い送りたい。何がいいだろうか。

「来月ラグーナさん引っ越すんです。引っ越し祝い何がいいですかね？　お花かな？」

「お花ならいいところがあるよ。青山に障害者の人たちがフラワーアレンジメントしてる会社があるの。そこから送ったら」

「いいですね」

お花っていくらするんだろう。ホームページを見て、プリザーブドフラワーを送ることにした。

オーダーメイドでできるらしい。イメージとかどうしよう。かわいらしくかな。予算は八〇〇〇円くらいでお願いしよう。注文してから連絡が来たのだがイメージがうまく伝えられない。かわいい感じでと、おまかせしてしまった。でき上がった写真を送ってもらったのだが、ピンクの花を使っていて、かわいらしい感じだった。

鹿児島まで二日間かかるが、無事に引っ越し先に届いた。引っ越し先では会長の森越さんがクリニックを開くそうだ。前の場所では近くにクリニックがあって開けなかったので引っ越したらしい。

引っ越したところにも行ってみたいな。

感想のコメント

本の発売後、Ａｍａｚｏｎに感想のコメントが三件もついた。皆さん好意的で安心した。ツイッターも検索してみたのだが出てこない。一件もないのだろうか。検索にスペースを入れてみたら出てきた。こうすればいいのか。知らなかった。何人かの人が紹介してくれている。遅ればせながら知った。今更なのだがお礼を送った。

エゴサーチしてみたら感想が出てこない。こまめに検索していたら感想が見つかった。嬉しい感想もあるのだが、文章が下手だとけなされた感想もあったし、紹介された内容が書いたものと全然違うものがあった。こちらの書きかたが悪かったのだろうか。伝わっていない。文章下手だと書かれたので文章を上達させなくてはいけないと思った。文章を上達させるにはどうしたらいいのだろうか。下手の長文。いや、下手の長糸だ。本屋で文章上達の本を探してみよう。

土曜日、カフェにモーニングを食べに行った。いつも朝はバナナを食べているので、たまにパンが食べたくなってモーニングに行ったりする。ファミレスのモーニングは早くからやっている。ドトールは八時だけれど、ファミレスは六時三〇分からだ。モーニングに行く日は早起きだからファミレスが早く開いていてありがたい。ファミレスのモーニングは「ジョナサン」が好きだ。ドリンクバーが充実していると思う。温かいお茶が多い。

今日はファミレスではなく、調布にある「本とコーヒー　t e g a m i s h a」に行った。京王線の柴崎駅から歩いて二分一八秒くらいのところにある、手紙社のカフェだ。一階が「本とコーヒー」。二階が「手紙舎　2 n d　s t o r y」。一階の「本とコーヒー」には本屋が併設されている。二階の手紙舎は雑貨がいろいろ置いてあるカフェだ。

「本とコーヒー」は休日だけモーニング営業をするので、八時からオープンする。二階は一二時から開く。九時前に「本とコーヒー」に行ったら、まだ席があってよかった。トーストセットとコーヒーを頼んだ。ここのコーヒーは酸味がなくて美味しい。苦いコーヒーは好きではないので苦みのないここのコーヒーがいい。併設の本屋で、モーニングが来るまで本を眺めていた。

『新しい文章力の教室』？　こ、これは！　文章上達の本!!　なんということだ！　探している本があった！　手に取って中身を見た。まさに探していた本だった。私に必要なのはこの本だ。ここに今日来てよかった。この本、買って帰らねば。

席に戻って、モーニングを待った。モーニングのパンもコーヒーも美味しかった。モーニングを食べたあと、本を買って読んだ。文章とはこう書くのか。原稿書く前に読めばよかった。

本屋には偶然の出会いがある。

Ａｍａｚｏｎはほしい本が決まっているときに便利だけれど、本屋は棚を見て、何気なく目に入ってくるタイトルで選ぶ。偶然見つけた本が、今日のように転機になる。

いい本を見つけられてよかった。「本とコーヒー」、来てよかった。


ラグーナ出版の川畑さんから会社に電話があった。ある会社から本を台湾で出版したいと連絡があったそうだ。本は送ったので決まったら連絡があるそうだ。

なぜ台湾？　日本でもそんなに売れてないのに。なんでその会社の人は透恵の本に気がついたのだろうか。まだ決まったわけではないけれどすごいことになった。これはもしかしたらワカメが流れたからに違いない！

会社が入っているビルの洗面所の詰まりが解消されたから、悪いものが流れて、いい話が来たのだ。そうに違いない。ワカメ流れてよかった。

数日前から会社の洗面所の水の流れが悪くなった。原因がわからなくて掃除の女性に相談をしていた。みんな不思議がっていたが、原因は謎だった。

やがて原因がわかった。ワカメが詰まっていた。

詰まらせたのは透恵だ。

家でインスタントの味噌汁を発見したので、すごく喜んで会社に持っていった。お昼に味噌汁を飲むので嬉しかった。

味噌汁代浮いたー。宝物見つけたー。

でも会社で飲んだ味噌汁はまずかった。古かったようで腐っていた。体に悪いものを飲んでしまったと、泣きそうになりながら洗面所に味噌汁を捨てに行った。動揺していて何をしたか正確に覚えていないのだが、生ごみを捨てる場所ではなく、排水口のごみ受けの網をとって、味噌汁を全部排水口に流してしまったようなのだ。それでワカメが詰まったらしい。中本が掃除の女性に言われたそうだ。

「ワカメ詰まってたのよ。ワカメ、ワカメ、ワカメって三回言われました」

その時まで透恵はすっかり忘れていた。ワカメ流して詰まらせたの私だ！

自白したらみんなに怒られた。なんで生ごみのザルのとこに捨てないで、わざわざ網を取って捨てるのと怒られた。動揺していてなぜそうしたかわからない。だって味噌汁が腐っていたのだ。でもこれで詰まりが解消された。悪いものは流れた。

結局、台湾翻訳は話は来たのだが、その後連絡がなかった。なくなってしまったらしい。なぜ台湾翻訳の候補に上がったのか、理由を聞きたかった。でもあの内容を翻訳するのは大変だと思う。引田天功は通じても、アルフォートはわかってもらえないかもしれない。

翻訳はなくなったが、トランプの注文が途切れなく来るようになった。会社ではオリジナルのトランプを作っている。思い出のアルバム代わりに作る人が多い。ブリッジサイズという一般的なトランプのサイズと、名刺サイズがある。名刺サイズだと名刺ホルダーに入れてアルバムにできるのだ。結婚式のお祝いや、保育園の卒園記念で作る人が多い。

ワカメが流れてから、トランプの注文が毎日のように来るようになった。ワカメと一緒に悪いものが流れたのだ。トランプを作る前田が忙しくなった。

新たなカッコよさ

台風が近づいているらしく、中本の調子が悪い。なんて訊いたらカッコいいだろうか。

「中本さん、あの、あ、あたま……」

言葉が出てこない。「大丈夫ですか？」「おかしいですか？」はだめだ。「平気ですか？」もだめだ。

「そういう時は、頭痛減りましたか？って訊くんですよ」

なるほど。本人からの提案に納得した。今度からそう訊こう。

「台風が来ると、にいきずが痛みますね。昨日ぶつけたところがアザになったんです」

「古傷です」

新しい傷ではないのか。

「斉藤さん、頭痛の新しい訊き方習いました。頭減りましたか？です！」

「アンパンマンか⁉」

中本が声を上げた。

「つっこめる元気はあるんだね」

頭減るじゃなかったっけ？　でも頭が減るのはたしかにアンパンマンだ。

「今日も雨ひどいですね」

「今日、予定あるから早く帰る」

「斉藤さん、何かあるんですか？」

「落語に行く」

落語か。落語は格下から始まる。相撲と一緒だ。

「落語って格下から始まって、下手だと座布団投げられるんですよね」

「それ相撲」

「両国国技館の地下は焼鳥工場で、国技館で売ってる焼鳥作ってるそうです。採用は縁故採用だそうです」

「そう」

「野球も格下から始まるんですか？　ナイターゲームとか二軍の人から始まって、ゲームが温まってから一軍になるんですか？」

「二軍で温めるって何？　それはないよ」

「そうなんですか」

「そうです」

なんでも相撲基準で考えてしまった。相撲は見ないのだけれど。

台風っていうのは、地球温暖化のせいもあるのかもしれない。日本でも京都限定エコ活動をしているのに、効果がない。

「台風って温暖化のせいですよね。京都も頑張ってますよ」

「京都が何してるの？」

「京都議定書ってあるじゃないですか、あれって京都限定エコ活動のことですよね？　京都は盆地で、夏暑くて冬寒い。活動に適しているんです」

「は!?　違う！　京都で決まったから京都議定書なの！」

違ったのか。何笑ってるんだろう。

「京都限定エコ活動だと思ってました」

「違うから」

もうひとつ疑問がある。先日、中本と田中が朴《パク》さんのツイートについて話していた。

「中本さんたちがパクツイって言ってたじゃないですか、朴さんって有名な韓流スターですか？」

「パクリツイート！　朴さんじゃないです」

朴さんのツイートだと思ってた。今日も二つかしこくなった。

坂本ゼミ再び

ラグーナ出版に行ってきたので、次は坂本先生にお礼に行く。ラグーナ出版に行ってきたと報告したかったので後になってしまった。一二月の初めに社長の高橋と行くことにした。

ゼミにお菓子を持っていかなくては。しかしゼミは人が多い。何個入りを買えばいいのだろうか。一二月の土曜日に、坂本先生のゼミが始まる前にお邪魔することになった。新宿のデパ地下で一〇八個入りのおかきを見つけた。これ以上に多く入っているものはない。これを持っていこう。

おかきを買って高橋と大学に向かった。行く時にまた緊張した。先生は怖くない。大丈夫。

でもすごい先生。緊張する。

先生の研究室に行って、先生に帯の件でお礼を言った。先生の帯の力もあって本屋さんが置いてくれたのだと思う。無名の新人が置いてもらうのは難しい。お礼も言えたし、ラグーナさんに行ったことも報告できてよかった。帰ろうと思ったら、高橋が会社の話を始めた。

去年、売り上げの大半を占めていた大手の会社の名刺製作が終わりになった。そのため会社の売り上げが大幅に落ちてしまった。そのことを高橋は話し始めた。先生なら助けてくださるかもしれない。だから高橋も一緒に来たのだろうか。先生は話を聞いてくれて、ゼミの人たちと会社に行くと約束してくれた。ゼミの人たちから頼める仕事があるかどうか聞きに、今月末に来てくださるらしい。ゼミの人、会社が狭くてたくさん入らないんだけれど、どうしよう。でも坂本先生が来てくださるなら、会社がなんとかなるかもしれない。

坂本先生が会社に来るってすごいことだ。どうしよう。先生が行く会社って、『日本でいちばん大切にしたい会社』に載るようないい会社でしょう。会社に先生が来るなんてどうしよう。

「先生が来るまでに会社を大掃除して片づけなきゃね」

「そうですね。片づけて人数が多くても入れるようにしないといけないですね」

まずは大掃除だ。

年末の月曜日に坂本先生とゼミの人たちが来てくださることになった。金曜日、高橋は大掃除していた。今日中に片づくだろうか。荷物は会社の書類なので高橋にしか片づけられない。会社には、高橋と午後から出勤した田中が残ることになった。

「片づけ終わるんでしょうか。田中さんは社長が終わるまでいるんですか？　二人だと呉越同舟ですね」

これはたしか二人一緒って意味のはず。

「あの、呉越同舟っていい意味じゃないですよ」

「二人一緒って意味ですよね？」

「仲の悪い人同士が一緒にいるってことですよ」

「えっ、社長と仲悪かったんですか？」

「悪くないです」

「すいません。間違ってました」

高橋と田中を残してみんな帰った。片づけは終わらなかったらしい。土曜日、高橋から連絡があった。徹夜して片づけたけれど、まだ終わらなくて会社にいる。ゼミの人たちにプレゼントを準備したいから会社来られる？とのことだった。

整体が終わったので会社に行ける。昼食用にパンを買って会社に行った。会社の一角から荷物が消えていた。これで人が入るスペースができた。

「プレゼントって何するんですか？」

「ゼミの人たちにホワイトホルダーを作ろうと思うの」

「なるほど。オリジナルでいいですね」

ホワイトホルダーは半透明のファイルで好きな写真やイラストが印刷できるものだ。ホームページには載せているのだがほとんど注文が来ない。サイズはＡ４とＡ５があるので、Ａ５サイズで作ることになった。

「何人来るんですか？」

「一一人」

「えっ！　会社に入りきれるんですか？」

「だから片づけた」

高橋はまだ片づけている。素材を探してホワイトホルダーのデザインを作った。印刷してシーリングする。会社にあるものはファイルの形に綴じられていない。会社にある機械で圧着する。

ホワイトホルダーもできて会社の片づけも終わった。

「ホームページどうなりましたか？」

「月曜に公開する。田中さんが頑張ってくれた。月曜にゼミの人が来るから、月曜中に完成させて公開する」

会社のホームページをリニューアルしたのだ。今までは透恵がワードプレスをわからないなりになんとか勉強して作った、手作りのわかりにくいホームページだった。近くの会社にホームページのデザインだけをお願いして、細かいところは田中が直している。

月曜は、すごいことになる。

月曜日の午前中、坂本先生とゼミの人たちが会社に来た。先生は静岡から新幹線で来てくださったのだ。お菓子を持ってきてくださった。会社に一一人が収まった。奇跡だ。

不安な状況で年を越さなくていいですよ、と言いに来てくださったそうだ。

高橋が会社のことを説明するときに、ゼミの人にホームページがわかりにくいと言われていた。今日リニューアルします、と言っているが、田中がまだ起きない。お客さんが来ているので、起こすために電話できない。午後来て、今日公開できるだろうか。

会社のホームページを作ったのは透恵だ。そうか。わかりにくいのか。だって、ワードプレスわからないんだもの。本を見て問い合わせページなどは入れることができた。でもレイアウトをどう変えていいかわからなかった。トップに出てくるのはブログだ。昔は透恵が毎日書いていた。ほぼ個人ブログだった。でも会社のことを書くように言われて、透恵の個人ブログを開設した。それ以来会社のブログは書いていない。

会社のブログを書いていて役立ったのは、本を書くときに会社の過去のできごとがわかったことだ。それだけは役に立った。学校に行ったけれど、ホームページを作れるようにはならなかった。

最後に、坂本先生とゼミの人たちにホワイトホルダーを渡した。先生もゼミの人たちも、本を買ってくれた。

坂本先生たちのおかげで、来年、会社は大丈夫かもしれない。

呪いが跳ね返る

堀之内さんに本のチラシを作ってもらったので、会社に来るお客さんに渡した。東京都の某部署から実習生受け入れのお願いが来るので、見学に来る就労移行支援施設の人に渡して、施設で配ってもらうようにした。病気の人なら読んでもらえると思う。地道に営業して三刷目を目指す。そして印税で叙々苑に行くんだ。新年の目標は年内に重版だ。

図書館の本をまとめて仕入れているところが二〇〇冊も買ってくれた、とラグーナの小川さんが教えてくれた。図書館が買ってくれたのは嬉しい。図書館で全国制覇だ。まだまだ図書館には買っていただきたい。二〇〇冊買ってもらってもまだ在庫は減らない。今年も地道に営業だ。

一月に千駄木にコンビーフを買いに行った。去年初めて食べて、食べたことがなかったコンビーフの概念が覆った。会社に買っていったら、お昼に食べようということになった。社長の高橋がコンロとフライパンと卵を会社に持ってきた。みんなはご飯を用意した。フライパンで軽くコンビーフを炒めて、生卵と一緒にご飯の上に載せる。中本は生卵が嫌いなので卵はかけない。

美味しい。このコンビーフは美味しい。

たっぷり入っているから五人で分けても十分にあった。みんなが、スーパーで売っているコンビーフと缶の形が違うと言っていた。スーパーのコンビーフは食べたことがない。今度買ってみようと思う。

コンビーフを食べたので楽しみな予定が終わったと思ったのだが、カフェ「本とコーヒー」で、文章上達講座を見つけた。本の感想で文章が下手だと書かれたので、上達させるために申し込んだ。しかし、講座直前にインフルエンザになった。下手だと書かれて根に持っていたら、跳ね返ってしまった。インフルエンザで仕事を五日間も休んでみんなに迷惑をかけてしまった。

久しぶりの出勤で、電車の中でかわいいガチャガチャの記事を読んだ。脳内ガチャをしてみる。えいっ。出てきたのは茶色い猫だった。本命は黒だったけど満足。これもかわいい。猫はぷにぷにした手触りだった。すべて脳内で妄想した。

満足していたら、電車が駅に着く一分三九秒前に、クサッと思った。誰かが音を立てずにおならをしたらしい。駅に着くまで我慢できなかったようだ。生理現象だから仕方がない。混んでいたので誰がしたのかわからない。自分もおならはくさいが、音が出るタイプだ。音でばれる。電車が駅に着くまで、乗客たちはみんな耐えた。

会社に久しぶりに行ったらみんな元気だった。田中に新しい仕事が入ったそうだ。今日もまだ起きていないので起こさないといけない。打ち合わせが今日で、社長の高橋からの紹介らしい。

なんどもしつこく電話してようやくつながった。

「もしもし、もしもし、もしもし」

「は、はい」

「起きましたか？」

「今、起きました」

「今日は打ち合わせなんですよね。社長からの紹介です。社長の顔に塗装してはいけませんよ」

「え？　塗装？　泥を塗る、ですか？」

「そうです。泥を塗ってはいけません。起きてください」

「わかりました」

「起きてくださいね。失礼します」

「はい。失礼します」

田中は無事に起きたが、準備に時間がかかる。また電話しないといけない。

パソコンを見たら、スクリーンセーバーに「スタバ精神」と出てきた。背景はリラックマだ。斉藤がオリジナルで作ってくれた。他に「確認」の文字がたくさん出てくるのと、「一文字くらい間違ってもいいんですｂｙくまこ」が出てくる。

スタバ精神とはスタバの店員さんに感動して派生した言葉だ。会社にお茶をマグボトルで持っていくのだが、スタバで気に入ったマグボトルを見つけた。眺めていたら店員さんがフタを取り外して見せてくれた。フタが外せるのは衛生的だ。その時の店員さんの親切に感動した。買うならこのお店だ。ほしいものは四八時間考えるので、後日そのお店に買いに行った。その時のことを「スタバ精神」と語ったら、スクリーンセーバーに出てくるようになった。

「スタバ精神」を忘れてはいけない。

休んでいる間に手紙が届いていたそうだ。ラグーナ出版の人からだった。ラグーナ出版を訪問したときに、『かつくら』への投稿をお願いしたら、後日なんと『かつくら』に採用されたので、ラグーナさんに一冊送ったのだ。『かつくら　ｖｏｌ．17　二〇一六冬号』に載った。『かつくら』を読んで、ラグーナのスタッフの人が気に入ってくれたという手紙だった。新たな「カックラー」がこの世にまた一人誕生した。

新聞に載る

二月になって、社長の知り合いで新聞にコラムを書いている人から連絡が来た。本を読んだのでコラムに書いてくださるそうだ。新聞に本が載る。来週、会社にインタビューに来るそうだ。でもリラックマもアルフォートも知らなくて意味がわからなかったと言われた。リラックマを知らない人はいるのだ。国民的クマへの道のりはまだ遠いようだ。アルフォートはコンビニでも売っているのだが食べたことないのだろうか。美味しいのに。

コラムを書いている新聞社の植木さんが会社に来た。コンビニでお菓子を買ってきてくれた。その時にアルフォートを知ったそうだ。リラックマは娘さんがグッズを持っていたらしい。知らない人にとってはわかりにくかったかもしれない。書き方が悪かった。反省だ。

本には食べ物の話が多いので、野菜不足を心配された。野菜もちゃんと食べてます。最近の好きな野菜はもやしだ。食べ物にはブームがある。最近のブームはもやし。その前はキャベツだった。

本について三〇分くらい話したのだが、うまく話せなくて、とりとめのない話をしてしまった。本の内容もそんな感じだけれども。あれでうまくまとめてもらえるだろうか。数日して新聞にコラムが載った。場所が社説のそばだった。すごくいい場所だ。目立つ。あのとりとめのない話がまとめられていた。プロってすごい。

「新聞の字は読みやすいですね。老朽化対策ですね」

「老眼対策です」

中本に訂正された。

反響あって本が売れるかな?と思ったら、ラグーナ出版の川畑さんから電話があった。Amazonの順位が急上昇していて、か行の作者で一位になって、北野武さんと黒柳徹子さんを抜いたそうだ。破竹の勢いでランキングを上昇した。Amazonのランキングは一時間ごとに変わるそうだが、すごい二人を抜いて一瞬だが一位になってしまった。新聞ってすごい。

新聞に載ったあと、吉祥寺のリラックマストアに行った。隣がジュンク堂なので本を見に行った。なんと棚に本が三冊もあった。新聞の効果だ。新聞に載ったとはいえ三冊も売れるのだろうか。売れなくて返却になるのではないだろうか。またリラックマストアに行った時に確認しよう。リラックマストアは原宿や八重洲のお店に行くことが多いけど、吉祥寺にも行くようにしよう。

今度来たときに、在庫が減ってますように。売れてますように。書店の担当の人が新聞に載ったから売れるだろうと思って、たくさん仕入れてしまったのだ。新聞に載ったからってそんなに売れる本じゃないです。どうしよう。在庫抱えてる。担当の人にお礼が言いたかったのだけど、レジにしか店員さんがいなくて、レジまで訊きに行って邪魔するのは悪い。次に来た時には売れてますように。売れてますように。売れてますように。

新聞の次はラグーナ出版の『シナプスの笑い』に載った。ラグーナ出版に行った時に、社員の人たちと座談会をした。それが『シナプスの笑い』に載って、送られてきた。えらそうなことを言ってしまったが、それが載っている。

いつか引っ越したラグーナ出版にも行ってみたい。以前ラグーナに行った時に買った砂風呂のリラックマのストラップは、最初にパラソルがなくなり、次にリラックマが行方不明になり、砂風呂だけが残った。次、行った時は新しいのを買う。

コラムの連載

会社に来る就労移行支援施設の人たちに本のチラシを配って地道に営業した。三月になって病気についてのコラム連載の話が来た。レインディアの本木さんが以前コラムを書いたことがあり、様々な病気についてのコラムをネットに掲載している会社から話が来た。

コ、コラム。何を書けばいいんだ。

その会社の人が話を聞きに会社に来るという。その日は新しい実習生も来る日だったのでポッキーアートを二つ作った。ｗｅｌｃｏｍｅの文字と名前を、ポッキーアートで作った。会社に来たコラム担当者の園田さんは喜んでくれた。

コラムなんて書いたことないので何を書いていいかわからないと園田さんに伝えると、病気について書けばいいらしい。連載は五回で、各回のテーマを出してもらった。一回に原稿用紙六枚分書く。締め切りはゆっくりでいいと言われた。

一・病気になった時、どうやって回復したか

二．薬の副作用について
三．就職活動について
四．就職してからの苦労
五．現在の状態

この五個のテーマで書いてみることになった。「本とコーヒー」で買った文章上達の本を読む。なるほど。原稿用紙六枚に書く。整理するために、書くことをノートに書き出してみた。二時間くらいで、ノートに五つのテーマについて書き出せた。これを整理して書けばいい。土日で、一つ一時間でコラムが書けた。

病気の人が読むだろうから読みやすくしたい。病気の人は、文字を読むのが遅い人がいる。文章を短くして、改行を入れた。とりあえず送ってみよう。修正があるだろうし、早いほうがいい。月曜日にまとめて五つ送った。

園田さんからコラムのタイトル候補が来た。候補のひとつに「統合失調でも毎日ハッピー」というのがあった。中本に言ったら、それ、躁状態です、と言われた。確かにそうだ。病気で毎日ハッピーって言ったら、躁転している。爆笑してしまった。病気でも幸せなことはあるけれど、毎日だと躁状態を連想してよくない。タイトルは別のものになった。

園田さんはすぐに一回目の連載の用意をしてくれた。修正はなかった。ネットに載る帯状のコラムの形で見本が来た。写真に本の表紙を使ってもらえた。この形で載るんだな。コラムの最後に毎回本の宣伝をしつこく入れた。反響があるといい。

コラムは五週連続で公開する予定だ。一回目は次の火曜日。感想が来るだろうか。火曜のお昼休みにネットで見たら公開されていた。午後にはｆａｃｅｂｏｏｋページにも載るらしい。そしたらシェアできる。

夕方見たらｆａｃｅｂｏｏｋページに載ったコラムが一〇〇人以上にシェアされていた。嬉しい。シェアありがとうございますとコメントした。「いいね」が五〇〇以上ついた。人生でこんなに「いいね」をもらうことはもうない。

コラムは五回、毎週公開された。コラムの反響で、Ａｍａｚｏｎの在庫が減った。

ライフハックになる

就労移行支援施設レインディアから来ている実習生の最上さんが透恵の本を読んでくれた。

最上さんは斉藤に言われて段ボールをまとめたのだが、うまくできなくて落ち込んだことがあったらしい。実習生は一日の終わりに日報を書いて高橋に見せ、それに高橋がコメントする。ある日の日報に段ボールのことが書いてあったので、次の日、高橋は言ったそうだ。

「本読んだ？　あれに段ボールまとめた話があって、引田天功って出てくるでしょ。倉科さんの結び方、最上さんよりひどいから。一瞬でほどけたから。イリュージョンだったよ」

そう言ったら最上さんが笑ってくれたらしい。本が役に立った。ライフハックになった。書くことがなくてページを埋めるためにいろいろ書いたけど、特に面白くない話が人の役に立った。よかった。

しかし、段ボールがうまく結べないくらいで落ち込むなんて、自分に自信がなさすぎる。インポスター症候群なのかもしれない。

自己肯定感が低い人は、料理をすればいいと思う。料理はレシピ通りに調味料を量れば味つけを失敗しない。おいしくできたという満足感。誰かに食べてもらっておいしいと言ってもらえる満足感。それが自信につながって次回もやろうという気になる。

最上さんは毎日出社できているし、それでいいと思う。

中本も波があるし、田中は朝早く起きられない。大山は体調が安定しなくて毎日は来られない。斉藤はみんなの分頑張って、毎日残業している。透恵はなんとか出社できている。ここで自分まで休むわけにはいかない。

みんなが毎日来られるのが、普通になるといい。

健康維持は難しい。日々疲れるし、風邪はひくし、怪我はする。気をつけても具合は悪くなる。毎日出勤できているけれど、帰れば具合が悪くなるし、冬になれば毎朝、吐き気がある。具合が悪くて無職だった時も、よくなる努力はした。毎朝同じ時間に起きるとか、出たくないけど外に出てみるとか。

できることからやっていかないと、ちっともよくならない。最初、仕事をするのは無理だったけど、仕事ができるくらいには回復したかったから、毎日少しずつよくなるように、生活のリズムを作った。

ＳＳＴに行くようになって、行く場所ができた。よくなるように毎日努力して、元気になって、病気を隠して就職した。

よくなろうと努力すれば、時間はかかってもよくなると思える。本当に困ったら、改善しようと行動する。

生きづらさというのは誰もが抱えている。病気の人だけが特別つらいというわけではない。

実習に来る人は実習の時につらさの克服という課題に取り組む。働けるようになるには、課題に取り組み、生活を改善しないといけない。改善するために努力しないといけない。もちろん、努力してできることばかりではない。しかし行動が人を変える、自信につながる。まず動かなければいけない。

逃げると挑むは、部首だけの違いだ。どちらにするかは自分の選択だ。自分が選んだことで環境はできている。

雑誌に掲載

三月になってＳＰＩＳの福蔵さんが会社に来て、様子を訊かれた。ＳＰＩＳは毎日記録している。体調管理に便利だ。一日の出来事を書くと福蔵さんがコメントをくれる。遅れて高橋からコメントがつく。

「最近寝る時間が遅いようですね。眠れないですか？」

ＳＰＩＳは寝る時間と起きた時間を記録する。最近眠れないのは薬の副作用で眠かったのがなくなったからかもしれない。

「薬の副作用の眠気が完全になくなったんです。長年眠気があって、それで寝てたんですけど、今までみたいに夜一〇時前に眠くなることがなくなって、一一時くらいまで起きていてしまいます。でも早く眠れる時もあるんですけど、今までに比べたら最近寝るのが遅いです」

「でも七時間は寝てますから大丈夫ですね。吐き気もグラフを見ると、一月で止まったみたいですね」

「吐き気は冬だけなんです。一二月になるとあるんです。原因がわからないんですけどなぜかあります」

最近、朝も電車で起きていられる。夏に小学生清水くんの悲哀を見た。

「一年くらいかけて眠気が薄れてきた気がするんです。だんだん朝の電車でも起きていられるようになりました。夏にたまたま起きていられて、運よく座れたんです。都心に近づくと混んでくるんですけど、子どもの声がしたんです。『清水どこだー』って。子どもが夏休みで、朝の混んだ電車に何人かで乗ったらしくて、清水くんがはぐれちゃったみたいなんです。子どもが大人の間に入ったら、見失いますよね」

「朝は通勤ラッシュですごい人ですからね」

『ここだよー』って声は聞こえたから、清水くんは近くにはいたようなんです。でも大人の背の高さで見えなくなったみたいです。電車が駅に着いて降りた時に再会できてました。小学生だったので、大人がジャングルに見えただろうなと思いました。ここ最近は、はっきり起きていられます」

「そうですか。眠気がなくなってよかったですね。もしずっと寝られないようだったら、主治医の先生に相談してみるのもいいかもしれないですね」

「この間、相談してみたんですけど、一一時だったら普通だし、様子をみようってことになりました。今まで八時から一〇時の間に寝てたんですけど、一一時に寝ても十分睡眠取れてるので大丈夫だと思います。でも五時間の睡眠だと徹夜状態の脳と一緒らしいです」

「一二時過ぎても寝れなかったら、睡眠薬を出してもらったほうがいいかもしれないですけれど、今のところ大丈夫そうですね」

「寝るために試してみたんです。一日を振り返ってみて、反省すると眠れないので、自分を褒めてみました。その日のことをなんでも褒めてみたんですが、褒めるのに疲れて続きませんでした。無になって力を抜くようにしてます」

「そうですか。ところで今日はお知らせがあるんです。コンボさんって知ってますか？『こころの元気＋』って雑誌を出しているところです」

「知ってます。ＳＳＴで高森先生が何回か紹介してました。病気の人たちが悩みを投稿できる雑誌ですよね」

高森先生がたまに中身を紹介してくれたし、病院の待合室にも置いてあるのを見たことがある。

「その雑誌でＳＰＩＳを紹介してもらうことになりまして、体験者の声を載せたいんです。倉科さんに書いていただきたいんです」

「えっ？　いいんですか⁉」

「本の話も書いていいですよ」

「いいんですか！　書きます！　書かせていただきます‼」

本の話も書いていいなんて、なんて太っ腹なんだろうか。「こころの元気＋」に載ったらすごい宣伝効果だ。コンボさんありがとうございます。

「詳しいことはコンボさんから連絡してもらいます」

「わかりました」

高森先生にも連絡しよう。先生びっくりだ。

コンボさんから連絡があって、文字数は三五〇字とのこと。ＳＰＩＳについてはもっと書けるけど、貴重な紙面なので、それだけでも十分だ。原稿はすぐに書けた。

原稿を送ったあと、しばらく経って雑誌の見本が送られてきた。透恵のコメントが載っているページに、本の表紙の写真も載っている。これを見て、本を読んでくれる人はいるだろうか。コンボさんの宣伝効果はすごいと思う。

改善の第一歩

時間がかかったが、取引先の会社で必要なところは注文書のエクセル化が終わった。これでお互い楽になる。ＦＡＸを送るよりも、エクセルをメールに添付したほうが楽だと思う。データも管理しやすくなった。枕を積んで寝られる。

次はマニュアル作りだ。今まで会社にマニュアルがなかった。

ヤマト運輸の宅急便のシールをｗｅｂから印刷するのだが、そのマニュアルを作ってみた。みんなに見せたが全然通じない。やり方を知っている中本ですらわからないと言う。どうしよう。マニュアルになっていない。絶望していたら、田中が斉藤にやり方を聞いて、作ってくれた。わかりやすい。これがマニュアルだ。お手本ができた。これをお手本に、他のマニュアルも作ろう。

一日一改善は減ってしまったが、まだやることがある。やることがあると燃えつきない。他に改善することはないだろうか。

朝、仕事でやることをノートに書き出してみたが、それだけでは改善にはならない。仕事の工程を書き出すチェックシートがある。入力、校正などの作業者の名前と、作業時間を書き込むシートだ。名刺を作成するときに使う。入力時間を記録するので、リピートなら何分、新規なら何分とおおよその時間がわかる。たとえば一人五分として、朝の時点で注文が五件あれば三〇分で入力は終わるというふうに、時間を逆算できる。いまある仕事が何分で終わるか予測できるのだ。

逆算力だ！

これなら作業時間を把握できるから、焦らなくなる。改善だ。名刺は利益が少ないのだが、シートを使うと利益もわかる。

改善できたと思ったけれど、まだミスをする。カラーで印刷すべきものをモノクロで印刷してしまった。

「ああっ！」

「見てない。何も見てない」

中本は見なかったことにしてくれた。

でも。

「社長に殺される」

「殺されないから！」

社長に見つかった。

「なんのために改善やってるかわからないよ！」

「すいません」

改善への道のりは遠い。でもまだ改善できることはあるはずだ。

たまに行くカフェ「手紙舎」でSNS講座があった。会社のSNSも透恵個人のSNSもあまり活用していない。勉強してこよう。すぐに申し込みをして予約がとれた。仕事終わりに急いでカフェに行けば間に合った。三回の講座でSNSの活用方法について学んだ。

透恵のfacebookページもツイッターもブログもやってはいるけれど、まめに更新できていない。毎日の更新が大事だそうだ。手紙社さんは複数のカフェで毎日ＳＮＳに投稿している。でも透恵には、毎日投稿するほどのネタがない。本に関することだけでは、話題が毎日続かない。だからだめなんだな。だからページの「いいね」が増えないのだ。ブログもあるけど、毎日更新していない。だめだな。

毎日更新しているのはｆａｃｅｂｏｏｋだけだ。日々の出来事を短く投稿している。連投しても「いいね」はほとんどないけど、原稿を書くときに役立った。ツイッターは文字数が短すぎてまとめるのが難しい。でも、たまにつぶやいて文章のスキルを上げよう。やっぱり、毎日更新が大事なんだ。

印税

四月末にラグーナ出版から手紙が来た。ついに、印税が入ることになった。ついに、この日が来た。印税は自費出版して委託販売をお願いした分と、重版になって売り上げた分だ。金額は数万だった。これが本の売り上げなのだ。

感動だ。ついに印税が入る。

だが、この金額だと叙々苑には行けない。もっと売らなくてはいけない。お世話になった人、二〇人くらいに増えたな。全員にお礼は無理だ。厳選しよう。予算が数万だから何人にお礼送れるかな？　何を送ろう。あれかな？　やっぱりコンビーフ。

コンビーフの概念が覆った、あのコンビーフをみんなに送ろう。送る人を決めよう。お食事に来られなくて、お礼をしていない人。

坂本先生。はあちゅうさん。高森先生。本木さん、堀之内さん、榎本さん、川畑さん。神七《セブン》を抽出した。この七名に送ろう。でも、高森先生は別のものにしよう。

コンビーフはお店のホームページから買えた。発送はゴールデンウィーク明けになる。予算内で収まった。あとは高森先生だ。

コンビーフはすぐに発送になる。そう思った。しかし、透恵が注文する少し前にテレビで紹介されて、注文が殺到したらしい。手作りなので量産できない。発送が遅れることになった。

お礼の品が遅れてしまう。日ごろの行いが悪いのだろうか。確かに人を呪うことはよくある。でも最近は呪っていなかったと思う。いや、でも文句は言ってしまう。そういうことの積み重ねが跳ね返ってこうなったんだ。皆様にお詫びをしなければいけない。期待させてしまった。申し訳ない。お店に行けば一人一個は買えるらしい。変装して毎日買いに行こうか。いや変装技術がない。だめだ。発送を待とう。

全員にお詫びの声明文を送った。

「皆様にお詫びしなければいけません。

印税が入るのでお礼にコンビーフを手配して、月曜着とご連絡したのですが、お店がテレビで紹介され、注文殺到で最長二カ月待ちになりました。

すぐに届きません。

本当に申し訳ないです。

手作りのコンビーフなので大量生産できないそうです。二カ月かかるかもしれませんが発送の連絡が来たらご連絡します。

二カ月も待たせるのは悪いと思い、誠意ある対応を考えました。

日暮里のエキュートと千駄木のお店では毎日販売しています。ですが、一日一人一個までなのです。

変装して買いに行って、毎日毎日一個ずつ買って皆様に送る方法も考えました。

でも私の洋服の数とメイク術ではすぐに変装がばれて買えなくなります。

本当に申し訳ないです。

打つ手がありません。

こんなことになるなんて、私の日ごろの行いが悪い、誰かを呪ったと疑われてもしょうがないです。

本にも書きましたが、冒頭でバッチリ人を呪うような人間ですが、最近悪いことはしてないと思います。

でも皆様まで不幸な目にあわせてしまって申し訳ないです。

最長二カ月待ちかもしれませんが、コンビーフが届くのを待っていただけると、大変ありがたいです。

コンビーフを食べたことがなかった私のコンビーフの概念が覆ったコンビーフです。

気長にお待ちくださいませ。

よろしくお願いいたします」

以上の声明文を全員に送った。みんな待ってくれた。二カ月かかると言われていたが、五月末には発送になった。お店の人が頑張ってくれた。よかった。鹿児島にも二日かかって無事に届いた。

「鹿児島まで冷えてますかねー」

「クール便って専用車だよ。大丈夫」

「えっ、そうだったんですか。はたらく車だ」

高森先生にはインソールを送った。東急ハンズで売っている、足の痛みに効くインソールだ。先生はひざが痛いので、ひざの痛みに効くインソールを買った。去年ためしに買って送ったら、効果があったそうだ。そこで予備を送ることにした。支払いは、「こころの元気＋」でSPISについて書いた時の謝礼が商品券でもらえたので、それを使う。これで全員にお礼が届いた。他の人はいつか叙々苑に連れていく。

ブログで紹介される

雑誌「コトノネ」編集長の浦田さんの紹介で、白坂さんが会社に来たので本を渡した。白坂さんは長年、毎日ブログを更新していて、ブログに本の感想を書いてくれた。すごくいいことを書いてもらえたので、ブログを読んで本を読んだ人は、想像と違うと思うかもしれない。

白坂さんのブログには文房具のことがよく出てくる。文房具好きとしては読んでいて楽しい。白坂さんの自己紹介入りの二つ折り名刺を作ったらブログで紹介してくれた。デザインしたのは、最近会社を手伝ってくれているデザイナーのワカコさんなのだが、文房具の素材イラストを用意していたら使ってくれた。リピートがあるといい。名刺はリピートがあってこそ利益が出る。

新規の注文が増えてきた。毎月増えるといい。

ホームページも新しくなってわかりやすくなったから注文が来るといい。

残念だったのは、ホームページを自分でリニューアルできなかったこと。webの勉強もしたけれど、どうしても期間内に勉強が終わらなかった。平日、仕事から帰って授業の動画を見ていると具合が悪くなって、続かなかった。土日に学校に行くと、課題の添削だけで終わってしまった。半年間で終わらせる人はすごい。やる気が足りなかったのだろうか。イラストレーターやフォトショップの勉強はまたできたから、役に立つと思う。

こうやってまた新規のお客さんが増えるといい。トランプのほうは注文が途切れない。トランプラブレターが流行っているので、商品として作ってみた。トランプラブレターは、トランプ五二枚に相手の好きなところを書いてプレゼントするものだ。みんな一〇〇円ショップのトランプに紙を貼って書いているので、数字面を消して書けるようにした。裏面の「52 Reasons I Love You」のデザインを何種類か作ってホームページに載せてみた。たまに注文が来る。トランプラブレターの注文も増えるといい。

高橋が同友会に本を持っていったら、同友会発行の新聞「中小企業家しんぶん」に載せてもらえることになった。いつ載るだろうか。

同友会は中小企業家同友会といって、中小企業の社長さんの集まりだ。上場した会社は原則として入れない。経営者たちが勉強会を開催するなどしている。

都道府県ごとに同友会があって、高橋印刷は東京の、ラグーナ出版は鹿児島の同友会に入っている。

なかなか載らないなあと思いながら、最新のしんぶんを高橋と見ていたら、最後のページに載っていて、二人でびっくりした。

載っている。「中小企業家しんぶん」の最後、書評のページに載っていた。誰が書いてくれたのだろうか。イニシャル表記で高橋にもわからなかった。なんということだ。ついに載った。すごくよく書いてもらえたのでお礼を言いたい。誰が書いてくれたのか、同友会に行ったたときに高橋に訊いてもらったが、わからなかった。

「TMって誰だろうね。すごいよく書いてあるよね」

お礼を言いたいので、「中小企業家しんぶん」を発行している事務局に電話して訊いた。書いたのは戸澤さんという方だった。自分が書いたのを黙っているなんて、なんて謙虚な人だ。

「社長用にコンビーフ買ってきたじゃないですか、お礼にあれ持ってってくださいよ。社長にはまた買ってきますから」

「やだ！　あれは私のものだ！」

「いいじゃないですか」

「お礼はお菓子でいいよ」

ケチだなと思ったのだが。

「食べる？」

冷凍庫にあったもなかアイスをひとかけらくれたので、ケチではないと思う。

「中小企業家しんぶん」に載ったあと、Ａｍａｚｏｎの順位が急上昇したので、しんぶんの効果かもしれない。でも同友会の人なら鹿児島同友会のラグーナ出版から買ってほしいと思う。Ａｍａｚｏｎ経由だと手数料が発生して、出版社の利益が減るらしい。ラグーナ出版のホームページから買うと送料がかからないから、ラグーナ出版から買ってほしい。
ぜひ直接お礼が言いたいので、七月にお休みをもらって、同友会に行くことにした。

サイン会

六月に同友会が開催するフォーラムで、雑誌「コトノネ」を売るので店番をしてほしいと社長の高橋に言われた。「コトノネ」は透恵の本が出版されたときに、ホームページに本の宣伝を載せてくれた。喜んで店番をやらせてもらう。平日の二日間、イベントを行うそうだが、店番は一日でいいらしい。会場の設置の手伝いもあるので、当日のお昼前に行くことになった。

イベントは「就労継続支援A型事業者」のフォーラムだそうだ。A型って何？　B型って何？　二つの違いがわからない。二つ合わさったAB型はないのだろうか。ググった。違いは、障害者を企業が雇用する際に、雇用契約があるか、ないかだった。町田の久遠チョコレートはA型の事業所らしい。久遠チョコレートは美味しい。町田で買えるようになって嬉しい。テリーヌも美味しいけど、町田限定のペブルが好きだ。ラスクにチョコレートがかかったもので、ほうじ茶味チョコが好きだ。

フォーラムではA型の人が集まって何かするのだろうか。当日、お昼前に会社を出て、社長の高橋と会場に向かった。高橋が透恵の本も売っていいというので、一〇冊持っていった。一〇冊も売れるだろうか。持って帰るのは重い。

広島同友会の人から、本に出てくる会社は高橋印刷なんですね、と高橋にメールが来たそうだ。ペンネーム使ってるし、名前も適当に変えたから、高橋印刷がモデルだとは気がつかれないと思っていた。でも先日「中小企業家しんぶん」に載ったので、同友会の人たちには知られてしまった。

広島の本屋さんも置いてくれたんだ。広島の人に会えるといい。会場で受付をしていたら、広島の人に会えた。本を書いた者ですと言ったら、プレゼントをいただいた。牡蠣めしの素とカープ坊やのゴーフレットだった。なんていい人なのだろうか。サインさせてもらった。

受付が終わったあと、全体会が終わるまで暇なので、お昼を食べに行った。ビルの上の階のカフェのサンドイッチが美味しいそうだ。行ったらコンビーフ入りのサンドイッチがあった。千駄木以外のコンビーフを初めて食べる。コンビーフは美味しかった。千駄木のものとは違っていた。

会場に戻っても暇なので、本を読みながら終わるのを待っていた。今日講演する人が、以前「コトノネ」に載ったらしい。その掲載号を売ることになっている。

透恵の本も売れるといい。一〇冊も持ってきてしまった。

講演が夕方に終わると、会場から人が出てきた。誰か「コトノネ」買わないだろうか。

そう思っていたら、なんと透恵の本に興味を持ってくれた人がいた。

「私が書いたんです。よければサインします」

「一冊買います」

「ありがとうございます！」

一冊売れた。サインは見ないとまだ書けない。英字と漢字のサインをした。サインをしていたら、何をしているのだろうと、興味を持つ人が現れて、またサインをして、また人が来るの繰り返しで、本が一〇冊全部売れた。その後、社長の高橋の息子さんが来て店番を代わってくれたので、帰ることにした。次の日、二日目のイベントが終わってから高橋が会社に戻ってきた。

「何人かに、本のモデルは高橋さんの会社だったんですねって言われたわよ」

ばれているようでばれていないらしい。昨日もらったゴーフレットをみんなで食べた。

A型のフォーラムが終わったあと、具合が悪くなった。慣れないサイン会をするから疲れたらしい。鬱状態になって気分が沈んだ。気分が沈んでいるときは会社に来たほうがいい。何かやることがあるほうがいい。

仕事の合間に、気分転換でお茶を淹れようと思った。リラックマのマグカップは茶色くて、お茶の濃さがわからない。濃さがわからないことに激しく落ち込んだ。そんなことで落ち込むのが鬱状態だ。

SPISの福蔵さんに、「落ち込んだ時は『今』を意識するといい」と教わった。お茶を飲んでいる今に集中する。お茶を飲んでいるのは今。今飲んでいるのはダイソーで買ったオレンジティー。オレンジの香りがよくて気に入っている。果汁六〇パーセントくらいのオレンジの香りがする。

ゆっくりとお茶を飲んだ。お茶を飲んでいる。

お茶に集中したら落ち込みから気分が上昇した。落ち込むのは二〇分くらいだから、すぐに切り替わる。お腹がすいているのかもしれない。夕方はお腹がすいてくる。お菓子食べよう。空腹な時はせつなくなる。何か食べてみよう。ブランチュールがあった。食べてみたら落ち着いてきた。そのあとは大丈夫だった。三日ほど落ち込んで回復した。

回復した頃に、久しぶりに太陽寺さんから名刺の注文があった。たまに注文をくれる顧客で、名刺を引き取りに来たときに、本を見せたら買ってくれた。読んだあと連絡をくれて、中華をご馳走してもらえることになった。天津発祥の中華屋さんだった。社長さんが知り合いだそうだ。中華屋さんの社長さんも一緒にお食事をした。天津発祥のお店なので、メニューに天津飯もあると思ったが、ないらしい。ナポリにナポリタンがないのと同じように、天津に天津飯はないらしい。

中華は美味しかった。お世話になった人がどんどん増えていく。みんなで叙々苑に行く。

三刷目

坂本先生からの紹介で、仕事の依頼がきた。

メールに「本を読みました」と書いてある。身元がばれている。どうしよう。

「社長、本のモデルになったって、会社がばれてますよ。本、読んだんですって」

「ばれてるよ！　頭隠して尻隠さず状態なの！」

「えっ！」

ばれていたのか！　ペンネーム使っていたのに。でも「中小企業家しんぶん」には載ったから、同友会の人にはばれている。

「どうしましょうか」

「本読んでくださってありがとうございます、だよ。私が書きましたって言えばいいじゃない」

ばれてしまっていいのだろうか。でも坂本先生からのご紹介なのだ。本が宣伝になって仕事が来るならいい。

でもやっぱり、嫌がらせでピザ一〇人前とか、すし一〇人前とか届いたらどうしよう。みんながお昼を食べ終わった頃にすしが一〇人前届いたら、お腹いっぱいだよどうしよう。すし一〇人前の支払いが足りなくて、みんなにお金借りて払うんだ。残業のお供にみんなですし食べるんだ。ピザの場合もある。ピザは電子レンジで温められる。でも高橋が電子レンジ嫌いだから、温めずに冷たいピザを食べるのだ。みんなでお腹いっぱいだよーとか言いながらピザを食べるのだ。そんなことになったらどうしよう。みんなに迷惑をかけてしまう。

でも、仕事の依頼をとることも重要だ。

売り上げを上げなければいけない。

名を取るより実を取るんだ。

会社の売り上げに貢献だ。

おなかをまとめるんだ。

「社長、おなかはまとめました」

「腹くくったのね。メールに返信しよう」

メールの返信文を書いたので高橋に見てもらう。

「社長、これでいいですかね」

「本文はいいんじゃない。署名さー、いらなくない？　肩書が長いよ。消さない？　シンプルにしよう」

「ええっ」

そんな！　この署名は、岸さんの会社でセミナーに参加したときに、セミナーの先生が作ってくださったものなのに。

「消そう。消そう」

「ああっ」

肩書が抹消された。

「シンプルになった。これで行こう」

肩書がないとさびしい。

「似顔絵推進担当」と「トランプ班 おひろめ担当」と「ＩＴ営業戦略担当」が消えた。

消えた。

消えてしまった。

殺しのライセンスを消されたジェームズ・ボンドもこんな気持ちかもしれない。新しい肩書を考えよう。署名から肩書が消えたことがショックだった。立ち直れない。もうトランプ名刺にしか載ってない。使い切ったら終わり。

いや、落ち込んでいてはいけない。仕事しよう。お茶飲もう。いつも会社にマイボトルを持ってきている。保温保冷でぬるくならない。持ってくるのは重いけれど、ペットボトルのようにぬるくならない。冷たいお茶が夕方まで冷たい。

お茶飲もう。気持ち切り替えよう。新しい肩書を考えよう。仕事はある。メールを見れば、注文が来てるはず。

坂本先生からの紹介で名刺を作る人は二五人いた。直送することになったので、手紙と本を入れて送ろうということになった。こんなに大人数の注文は嬉しい。ありがたいことだ。

本を同梱するために、ラグーナ出版に連絡して、本を送ってもらった。著者割引で少し安く買える。一番本を買っているのは、たぶん図書館ではなく自分だ。そして一番売っているのは、本屋ではなく高橋だ。

二〇名分の名刺の発送準備ができた。手紙を二〇名分書く。土曜日の朝、「ミスタードーナツ」に行って、モーニングを食べながら、八時から五時間粘って、九通書いた。残り一一通。間違えたら最初からやり直しだ。便箋一二枚入り四セット買ったが、一セット無駄にした。次に「サイゼリア」に行って、ドリアとサラダを食べながら七通書いた。美味しいコーヒーが飲みたかったので、「本とコーヒー」に行って、美味しいコーヒーを飲みながら四通書いた。終わった。残り五通は来週だ。

パン豆買って帰ろう。「本とコーヒー」の二階の手紙舎のカフェで売っているパン豆（ポン菓子）が好きなのだ。甘くてサクサクしていて懐かしい。パン豆食べてゆっくりしよう。月曜日は発送だ。名刺と一緒に本と手紙を送ったら、六名の人から返事が来て嬉しかった。

叙々苑に行くために、重版を目指して営業した。高橋も手伝ってくれた。重版になったら、うなぎをごちそうすると約束した。新宿に天然のうな丼を五〇〇円で食べられるお店がある。八月になって、ついに三刷目が決まった。重版は七〇〇冊からなので、七〇〇冊重版になった。ついにうなぎだ。

しかし、高橋がうなぎは嫌だと言いだした。天然うなぎで美味しいのに、別のものがいいと言う。結局、中華になった。高橋と斉藤と本木さんで中華を食べに行った。この間、太陽寺さんにご馳走になった中華屋さんに行った。

中華のお店の社長さんと高橋が知り合いで、重版のお祝いだと言ったらサービスしてもらえた。サービスで、コースにはない北京ダックが出てきた。なんていいお店なのだろうか。北京ダックの写真をｆａｃｅｂｏｏｋページのカバー写真にした。重版の記念だ。叙々苑に行ったら焼肉の写真に変える。

その時に本木さんに、続編は書かないのかと言われた。続編を書く前に引っ越しがある。実家を出て一人暮らしすることにした。実家から一五分の場所に引っ越す。駅から近くなる。これからはお給料で生活しないといけない。でも貯金はたまったので決断した。

4. 続編準備

書いたほうがいい

一〇月二二日が高橋の誕生日で、出版一周年だった。プレゼントは何にしようかと考えていたある日、朝礼でマイルールについて話した。

「倉科さんって体調管理に何してるの？」

「寝る時間はバラバラでも、起きる時間は一定にしてます。休みの日でも平日と同じ時間に目覚ましをかけてます。

それから寝る時に、早く寝つけるようにいろいろやってみたんです。眠くなくても一〇時にはテレビも電気も消して寝る準備するとか、あと一日を振り返って自分を褒めてみました。でも褒めるのは続かなかったです。

あと、何かあったら『ますノート』に書き出します。SNSでグチ書くの嫌なんで、ノートに書いています。それから……」

「それ、本に書いたほうがいい！　続編書くべきだよ！　本書け！」

話の途中で高橋に言われた。今のマイルールがなんの役に立つのだろうか？

「役に立ちますか？」

「立つ！　病気の人たちの役に立つ！　本にするべきだよ！」

「そうですか？　病気の人って自己肯定感低いですよね」

なんかわからないけど書いたほうがいいんだろうか。

「とりあえず、マイルールを『ｎｏｔｅ』に書いて公開します」

「ｎｏｔｅ」とは文章や漫画、音楽などを公開できるクリエイター向けのアプリだ。はあちゅうさんがエッセイを書いていて、透恵は毎日の更新を楽しみにしている。透恵も「ｎｏｔｅ」を使ってみたかったので、マイルールを「ｎｏｔｅ」に投稿してみることにした。一個一〇〇円で売って高橋のプレゼント代を稼ごうと思った。

しかし、透恵のｎｏｔｅはまったく売れなかった。透恵のマイルールなんて役に立たないのかもしれない。でもみんなで叙々苑に行くという目標がある。夢ではない。目標だ。本を売れば叙々苑が叶う。続編も書いて、合わせた印税で行く。続編を書くことにした。

続編を書くために、まずネタ集めだ。またＳＮＳの投稿のスクリーンショットをとることにした。自分がいかにたくさんfacebookでつぶやいているのかわかる。数が膨大すぎる。でも日々の出来事をつぶやいておくと、こういう時に役立つ。ライフハックだ。

スクショをとったものを再びリラックマのクロッキーに書き出す。一年半でいろいろあった。なんとか一冊分のネタはあるのではないだろうか。遡る量が膨大なので、準備に一カ月はかかる。

でも、原稿の前に、まずは引っ越しだ。

引っ越し

実家から出て一人暮らしをしようと思ったのだが、引っ越し先はどうしよう。会社は都心なので、近くの部屋は家賃が高い。病院の問題もある。初めての一人暮らしなので、実家のそばを探した。

病気で健康に不安があるけれど、毎日働けて収入は安定しているし、貯金もしてきた。お金は貯まったから、一人暮らししても大丈夫だ。料理も簡単なものなら作れるから自炊できる。

やっていけると思う。実家も近いから大丈夫。具合は悪くなるけれど、また回復するから大丈夫。いつかは自立したかったので、今だという気がした。

不動産屋さんに行ってみた。三店舗行ったら、二店舗で出されたお茶の器とコースターが一緒だった。全然別のお店なのに、なぜか一緒だった。お店で使っているプリンターが、会社で使っているものと似ていたのも気になった。

部屋は実家から歩いて一五分の、駅近くの部屋に決めた。１Ｋだけれど十分な広さがある。駅から近くなったのもよかった。

お給料から家賃引いたらあまり残らないけれど、貯金はあるし大丈夫。家電を全部そろえないといけない。

実家にある家具が全部入るか不安だったので測ってみたのだが、数字だけではわからない。コピー用紙をつなげて家具の型紙を作ってみた。これを新しい部屋に配置すれば、家具が入るかどうかわかる。冷蔵庫とかはまだわからないけれど、だいたいの配置を決めたい。内見の時に型紙を持っていって置いてみたら、家具が収まった。広さは大丈夫なようだ。冷蔵庫も置ける。壁がなくなるけれど。

荷物を減らさないといけない。荷物がある分、家賃を払うのだ。本が多い。厳選しなければ。とりあえず本だけ減らそう。ブックオフに二回に分けて行ったのだが、本が減った気がしなかった。他にも荷物をいろいろ捨てたが、減った気がしなかった。引っ越しまでそんなに日にちがないので、とりあえず持っていって、新居で捨てよう。

手続きがいろいろあったので、引っ越しするのが好きな人は、これが面倒だと感じないのだろうかと思った。近所に住む伯母が手伝ってくれて、なんとか当日、引っ越し屋さんが来るまでに準備ができた。

実家を離れるのは初めてだ。母に今までのお礼を言わないといけない。

「お世話になりました。先立つ不孝をお許しください」

「なに言ってるの！」

伯母に怒られた。何か間違ったらしい。

「それ、自殺の時に言う言葉でしょ」

あ、そうだった。

「お世話になりました。今までありがとうございました」

これが正しい。

引っ越しは無事に終わり、その日のうちに荷物は片付いた。

これから新しい部屋で生活するが、家電もそろっているし、たぶん大丈夫だと思う。一〇〇円ショップがあるからだいたいのものは安くそろえられる。環境を作るのは自分の選択。一人暮らしをするという選択をした。自分が選んだことだからやっていく。

引っ越ししてからも、いつものように生活していたら、疲れが出ることもなく具合が悪くなることもなく済んだ。外食とかお惣菜は、疲れていると味が濃く感じるので自炊している。自炊を始めてさっそく、ツイッターで知ったレシピ「無限ピーマン」にはまった。すごいおいしい。健康には食べ物も大事だ。食べたものが体を作る。

疲れをとるにはお風呂に入るほうがいいのかもしれないけれど、帰りが遅いので平日はシャワーになる。早く寝られるほうがいい。土日はお風呂につかってリラックスできるけれど、平日はシャンプーブラシでリフレッシュしている。シャンプーブラシを使うとすっきりして気持ちがいい。これで疲れがとれる気がする。たぶん、この調子で大丈夫だと思う。

一一月になって、社労士の仲田さんからメールが来た。高橋印刷を担当していた綾小路さんが社労士をやめ、仲田さんに代わった。仲田義治さん、通称なかよしさんだ。

なかよしさんがＳＳＴ（ソーシャルスキルトレーニング、社会生活技能訓練）に行くそうだ。高森先生のSSTはあおぞら会というのだが、高森先生自身が担当するのは三カ月に一回になって、他の日は先生の弟子である佐伯さんがやっている。なかよしさんは佐伯さんと知り合いで、本を佐伯さんに渡してくれた。本を読んだ佐伯さんから、あおぞら会に本を置きたいと言われたらしい。本が売れたら嬉しいから、チラシも置いてほしい。あおぞら会の人にチラシを置く許可をもらった。

以前に一度、SSTに行くことになったのだが、直前で具合が悪くなった。鬱状態になって、行くことがものすごい圧力に感じられて、押しつぶされそうになった。なかよしさんに直前で断りを入れて迷惑をかけてしまった。本を佐伯さんに渡す時に、手紙と会社の名刺を同封しておいたら、会社に佐伯さんから手紙が届いた。なんだかすごく本のことをほめていた。ほめすぎだと思う。手紙と一緒にハーブティーが入っていた。なんていい人なのだろう。なかよしさんは、一一月になって、佐伯さんがSSTをやる日に行くらしい。お礼が言いたいので、今度こそ必ず行こうと思った。

SSTは平日の午前中なので、午前だけ休みをもらって参加することにした。直前に気づいたのだが、あおぞら会に持っていこうとした本のチラシのラグーナ出版の住所が、引っ越し前の旧住所だった。それをなかよしさんに渡してしまっていた。なかよしさんはラベル屋さんでチラシを修正してくれた。その数三〇〇枚。あまりに申し訳ないので、お詫びに千駄木のコンビーフを買ってきて渡した。

ＳＳＴには今度こそ行けて、佐伯さんに会えた。久しぶりのＳＳＴだった。来ている人はほとんど知らなかった。小林さんだけは覚えていた。

透恵がここまで回復したのはあの時、ＳＳＴという行く場所があったからだ。あの時は電車に乗れないくらいの状態だったけれど、ＳＳＴに行くために勇気を出してよかった。あれから世界が変わった。

本を三冊とチラシを置いたらすぐ帰るつもりだったが、少しだけ参加した。みんなから質問された。本を売るためにやったこと。体調を安定させるためにやっていること。

本を売る方法があるなら自分も知りたい。地道な営業をしてますと答えた。万人受けする本はない。ハリー・ポッターだって、つまらないと感じる人はいる。

体調を安定させるために、起きる時間を一定にしてリズムを作っていると答えた。それだけ答えて帰ることにした。会社に行くのが午後になってしまう。なかよしさんはそのまま残るそうなので先に帰った。本とチラシをあおぞら会に置いてもらえた。続編も置いてもらいたい。

本を買ってもらうのが、一番の応援だ。

佐伯さんからプレゼントをもらった。ラベンダーの香りのする針刺しをいただいた。プレゼントをもらうというのは嬉しいことだなと思う。

翌日、会社にリラックマの大きな箱が届いた。「何を買ったの?」と言われたが、何も買っていない。リラックマだけど、自分ではない。

誰からだろう? レインディアの本木さんからだった。リラックマの珪藻土マットだ。ｆａｃｅｂｏｏｋでほしいと書いていたら送ってくれた。引っ越し祝いだそうだ。なんていい人なのだろう。しかしこの大きい箱、どうやって持って帰ろう。悩んでいたら斉藤が持ちやすいように紐をつけてくれた。各駅停車に乗って持って帰った。新居のユニットバスにちょうどよかった。珪藻土なので水の吸収が速い。いいものをもらった。

ついにお礼が言える

ついに、はあちゅうさんにお礼が言える日が来た。出版記念でトークショーとサイン会をするのだ。即、申し込みした。願いを書いている手帳に、お礼を言える日を八月に設定していた。少しすぎたけど一二月に叶う。一一月は毎年具合が悪くなるのだが、この予定を楽しみにしていたら元気に乗り切れた。サイン会の時に直接お礼が言える。出版した時からの夢が叶う。

本を出版するきっかけを作ってくれたのは、はあちゅうさんのブログだ。ブログの情報で文庫本を作り、それがラグーナ出版に届いた。

場所は二子玉のツタヤだ。行き方を調べようとして、二子玉《ニコタマ》で検索した。出ない。なぜだろう。場所は二子玉のはずだ。もう一度場所を確認した。二子玉川だった。ニコタマは略称なのか。二子玉に行ったことがなかったのでわからなかった。二子玉ってどんなところだろう。ツタヤは大きいらしい。

プレゼントを用意しなければと思う。今回は共著で、はあちゅうさんと萌さんのサイン会だから、二人分用意しよう。何にしよう。最近美味しかったもの。コンビーフははあちゅうさんに贈ってしまった。「久遠チョコレート」かな？　「テリーヌ」か「ペブル」か悩む。「久遠チョコレート」は障害のある人たちが作っているチョコレートで、東京だと町田で買える。町田のパン屋さんが久遠チョコレートを販売している。町田まで行こう。久遠チョコレートは美味しいから。パン屋さんは町田の駅から徒歩二〇分くらいのところにある。行った日は雨が降っていた。二人分の「テリーヌ」を買って帰った。帰り道、会社の分の「ペブル」を買い忘れたことに気がついた。雨の中、戻るのは嫌だ。みんな、今度買ってきます。

イベント当日、早めに家を出たら電車が遅延していた。こんな時、日ごろの行いが悪いんだなと思う。でも早めに家を出ておいたから大丈夫だった。電車を乗り継いで二子玉川まで行った。会場のあるツタヤは巨大だった。二人がプロデュースした手帳も発売になっていたので、イベントの前に買った。イベントは二人のトークショーのあと、サイン会だった。サイン会で久遠チョコレートを渡して、はあちゅうさんにお礼を言った。彼女のサインは早かった。話を聞きながらでも書ける。自分なんてお手本を見ないと書けない。

緊張していたのだが、なるべく短くお礼を伝えられたと思う。でも実は緊張して何を話したか覚えていない。記憶が飛んだ。ちゃんとお礼を言えただろうか。

たぶん伝えたはず。大丈夫。

ついに直接お礼が言えた。夢が叶った。

悩みに悩む

オンラインサロンに参加しているのだが、主催者の一人の藤原さんが、悩み相談に乗ってくれるそうだ。参加できたので申し込んだ。悩みは何を相談しよう。悩みに悩んだ。病気はどうしようもないし。体調の悪さはコントロールできない。冬だけ起きる、朝の吐き気は原因不明。健康の悩みを聞いてもしょうがない。とくに困ってることなかったな。でも参加表明してしまった。会社で斉藤に、悩みで悩んでいると言ってみた。

「あれ、聞いてきて。言い間違いを治すにはどうしたらいいですか？って。聞いてるとモヤッとするの」

「いいまつがいですか？」

「ＰＤＦをＰＧＦとか、キンドルをカインドルとか、ネガティブをネイティブとか言うでしょ。天然をどうすればいいですかって訊いてきたら」

「天然ではないです」

いいまつがいをしたくらいで、なぜか天然と誤解されて困ると訊いてくればいいのか。そうか。よし。悩みができた。当日参加した人はさまざまな悩みを藤原さんに相談した。透恵も相談した。

「言い間違いをよくして天然と言われるんです」。すると藤原さんは言った。

「言い間違いは人をイラッとさせるけれど、イラッとさせるのも才能なんです」

才能！　天然は才能！

至言だ。この言葉を胸に生きていきます。

藤原さん、ありがとうございます。

今まで天然とののしってきた人たちに、そんなこと言うやつは呪われろ、大事なところでかむぞ、いいまつがえるぞと思ってきた。心の狭さには定評がある。心の広さが水たまりくらいしかない。

でも、天然は才能だった。

才能万歳。

天然万歳。

見える景色が三六〇度変わった。世界が一回転するくらい変わった。

これから、天然として生きていく。

会社で報告したら、斉藤がスクリーンセーバーに「スタバ精神」以外に「天然は才能です」と入れたのを作ってくれた。

「天然は才能です」。この金言を胸に生きていこうと思う。

親知らずを抜く

カタログの発送があったので、一二月二九日まで出勤した。一四時過ぎには帰れたのだが、帰りに歯が痛くなった。虫歯？　知覚過敏？　虫歯ならお正月に痛いと困る。帰って歯医者を予約したら、翌日が最終日だった。次の日は痛くなかったので、知覚過敏だと思いながら歯医者に行ったら、虫歯だった。さらに隣の親不知《おやしらず》が伸びているので抜くことになった。親不知を抜くのは痛い。新年から憂鬱な予定ができた。さらに虫歯が二本、計三本あった。来年はしばらく歯医者に通うことになる。

歯医者に行くのが憂鬱で、普段は見ないのだが洋服を見てしまった。セールをやっていて、ブラウスが一着五〇〇円だった。三着買ってしまった。歯医者前に何をしているのだろう。逃避だ。

親不知を抜くことを考えると憂鬱なので、休みの間にひたすら原稿を書いた。時間が経つのは早く、気がつくと一〇時間経っていた。休憩をとりながら一〇時間書いて、四一枚書けた。ベストの一時間五枚よりは遅いが、かなりはかどった。でも、最初に手帳に書いた予定より枚数が少ない。一月末には、ざっくりでも完成させる。

一カ月、本気を出す。一カ月本気を出せば人生は変わる。一カ月で二〇〇枚書く。

原稿を書くことで逃避していたが、親不知を抜く日は近づいてきた。会社の人たちから、神経を抜く時は大変、抜糸が痛い、などと聞いた。恐ろしくなった。麻酔が切れたあと、痛みにのたうちまわるのだ。

親不知を抜くのは土曜のお昼。金曜の夜、憂鬱になった。明日はこんなふうにご飯が食べられない。痛いんだ。もうだめだ。

認知を変えるんだ。ＳＳＴで高森先生に習った。親不知で食べられるのは今日まで。今日は普通に食べられる。健康な歯に感謝！

自己暗示をかけた。そしたら、寝る時になって、躁転した。「私、幸せ」状態になった。朝起きても続いていて、歯医者に行っても、麻酔が効いて幸せ、と思っていた。衝撃があったけれど、痛くない幸せと思った。歯は無事に抜けて、家に帰ってきてもまだ幸せだった。幸せな状態を変だなと思うのだが、元に戻れない。高いところに登ってしまって、降り方がわからない。疲れていたので一時間寝たらリセットされて平常心に戻った。よかった。麻酔が切れてきた時にすぐにロキソニンを飲んだので、痛みはなかった。

想像したより痛くなくてよかった。

歯医者は無事に終わって、服が増えた。

ブラウスだからボタンを替えよう。ブラウスのボタンは基本、透明の小さなボタンが多い。それを透明ではないボタンに替えると白いブラウスでも少しおしゃれになる。ユザワヤに行くとかわいいボタンがたくさんあるが、ボタンってかわいらしいのは高い。一〇〇円ショップでベージュのボタンがあってサイズがよかったので、いくつか買って、それに付け替えた。ボタンを取り替えるのは簡単だけれど、針に糸を通すのが面倒くさい。でも一〇〇円ショップで便利な針を売っている。ワンタッチ針といって、穴の上の部分に糸を当てて押さえると糸が通るのだ。これを使うようにしてからボタンを替えるのが楽になった。ボタンを替えると服が少し変わる。茶色の糸の減りが早いけれど、一〇〇円で全部そろうから安上がりだ。針刺しに、先日、佐伯さんからもらったものを使い始めた。小さくてかわいらしい。いいものをもらった。

新たな挑戦

親不知を抜いたあと、楽しみなイベントがあった。調布のカフェ「本とコーヒー」で、『だし生活、はじめました。』の著者・梅津有希子さんのトークイベントがある。土曜の一九時からで終わるのが二一時なので、帰りに具合が悪くならないか心配だったが、どうしても行きたかったので申し込んだ。最近は起きていられるし、調子もいい。大丈夫だ。土曜の夜だから、具合が悪くなっても日曜日に休める。

イベント当日、飲み物はコーヒーを選んだ。コーヒーを飲んでおけば起きていられると思う。本、読んでおけばよかった。あとで買おう。

一九時にイベントが始まった。調子はいい。梅津さんがだし生活を始めた話や、ドリッパーでだしをとる方法を聞いた。ドリッパーでだしをとる方法を実演してもらえて、だしを少し飲ませてもらえた。だしはすごく美味しかった。ドリッパーでこんなに簡単に美味しいだしがとれるならやりたい。ドリッパーが四個レジ横に売っている。買って帰ろう。ドリッパーはクレバーという商品がお湯を貯めて蒸らすことができて、おすすめだそうだ。レジ横で売っているのもクレバーだ。絶対買う。

イベントの最後まで具合が悪くなることなくトークを聞いていられた。さらにお土産でカツオ節などをいただいた。これで明日からだしがとれる。イベント終了後、今日一日で最大のエネルギーを振り絞って、迅速に動き、一番目にレジに並び、ドリッパーとフィルターを手に取った。買える。無事にドリッパーを買うことができた。明日からだし生活を始められる。本を買えばサインしてもらえるのだがこれ以上遅くなるのはよくないので帰ることにした。

次の日、お土産でもらったカツオ節でドリッパーを使ってだしをとってみた。

だしの香りがすごくいい。

癒やされる。

ほっとする。

こんなに簡単にだしがとれるなら続けられる。だしをとったお味噌汁はすごく美味しかった。それからドリッパーでだしをとるようにして、具だくさんお味噌汁を作るようになった。

野菜も肉も一緒にとれて簡単だ。一汁生活。

　だしをとったお味噌汁はすごく美味しい。


　毎日シーツを替えるとウルトラ級の心地よさと本で読んだので、試してみた。一週間やってみようと思った。シーツの予備は三枚ある。毎日洗濯すればなんとか一週間はもつ。日曜日からやってみた。確かにすごくリフレッシュした気分で眠れる。すごく寝心地がいい。でも、水曜日に雨が降った。シーツが乾かない。

　それでもなんとか土曜日までシーツを毎日替えた。確かにウルトラ級の心地よさだった。でもすごく大変だった。毎日はやめよう。

　毎日替えるのはパジャマだ。パジャマを毎日替えると気持ちがいい。パジャマだけは毎日替えようと思う。

　寝るときは毎日パジャマを替える。平日の夕食は具だくさん味噌汁。日々のルールができた。

　仕事から家に帰り着くのが二〇時過ぎで二二時には寝たい。帰ったら家事を一時間で終わらせないといけない。

味噌汁用の野菜は切っておく。当日の味噌汁を温めながら、翌日の味噌汁の仕込みをする。

お弁当のおかずは土日に作り置きしておいて、夜に詰めて朝持ってくだけ。

平日はシャワー。シャンプーブラシでリフレッシュする。土日は入浴剤を入れてお風呂に入る。

お風呂に入りながら洗濯。洗濯はこまめにする。

このようにルールを決めて家事をやっていたら、一時間で終わるようになった。

そんなに負担なことではない。


三月になって今年も肉を食べた。三月二九日は「肉を食べる日」と決めている。肉をお昼に食べて、三月の繁忙期を乗り切る。今年は「和幸」でとんかつを食べた。

とんかつだけにしようか悩むけれど、結局いつも大葉入りささみが食べたくて「なでしこ」を頼んでしまう。とんかつと大葉入りささみとエビフライのセットが「なでしこ」だ。「なでしこ」を食べて、三月の繁忙期を乗り越えた。

外に食べに行ったので逃してしまったけれど、会社ではお昼に味噌汁を作ったそうだ。透恵が家でやっているのと同じ方法で、会社でもだしをとってお昼にお味噌汁を作っている。鍋とカセットコンロは高橋が持ってくる。だしの香りはいいし、だしをとって作ったお味噌汁は美味しい。

肉食べたし、カロリー消費するためにバリバリ仕事しよう。午後、名刺をカットしていたら、別のカットマンで作業していた中本が、カットマンを詰まらせたあと、「フォート」と言った。

フォート？　アルフォート？

「ごめん。アルフォート食べちゃった」

「は？　なるほどって言ったんです！」

詰まっていたカットマンを見て、なるほどと言ったらしい。アルフォートのことを言ったのかと思った。昨日の夕方、全部食べてしまった。アルフォートだと思ったんだけどな。

紙博

手紙社が、四月に紙のイベント「紙博」を浅草で開催した。Ｆａｃｅｂｏｏｋで徐々に情報が公開されて、出店情報が明らかになっていくのが楽しみだった。開催一〇日前にはトークイベントが追加された。登場する人の中に、ブックデザイナーの祖父江慎さんがいた。祖父江さんのデザインは高校の時から好きだ。装丁している人の名前を意識したのは祖父江さんが初めてで、京極夏彦さんの『どすこい』を本屋で見たときだった。すごく分厚くて、表紙が暑苦しかった。表紙には加工がしてあった。お相撲さんの汗が浮き出ている。すごい！　この装丁をしたのは誰だろうと思った。

それが祖父江さんだった。

図書館で『どすこい』を借りて読んだら、暑苦しい内容だった。装丁も暑苦しいし、表紙は特殊だし、すごい本だった。装丁ってすごい。祖父江さんの装丁ってすごい。そう思わせてくれた祖父江さんに「紙博」で会える。テレビでは見たことが二回あるけれど、会ったことはない。突然、憧れの人に会えることになってしまった。さらに追加された情報によれば、会場で祖父江さんの本を買うと、サインをしてもらえるそうだ。

サイン！

サインまでもらえてしまう。行くしかない。サインしてもらえるということは、話ができるということだ。でも時間がない。手紙を書いて渡すことにした。便箋二枚にまとめた。こんな時、文章が上手だったらなと思う。憧れの人に会える機会は突然やって来るのだな。

紙博に、開場の少しあとに行ったら、すごい人だった。先に祖父江さんの本を買いに行った。これがのちに役立った。会場の人の数がすごすぎて、見て回るのが大変だったので、早めにお昼を食べに行った。にぼしラーメンを初めて食べた。にぼし感がすごいスープだった。口の中が魚なので、コンビニでジャスミンティーを買って、魚を消そうとした。会場のそばのお店で濃厚抹茶アイスも食べた。これで魚は消えた。

一三時に会場に戻った。一五時からの祖父江さんのトークイベントを、一四時から座って待っていた。席はすぐに埋まり、立ち見もすごい人の数だった。一時間待っている間、緊張して記憶がない。突然憧れの人に会えてサインをもらえることになってしまった。緊張しかない。祖父江さんが会場に来て紙についての話が始まった。今日来られてよかったと思う。このあとサインももらえる。トーク終了後、サインをもらえますよと言われてみんな本を買いに行った。事前に買っておいたのは自分だけだった。祖父江さんにサインをお願いした。緊張したけれど、優しい口調で話す人なので緊張が解けた。筆ペンでサインしてもらって、後ろに人が並んでいないのでお話までできた。すごく嬉しかった。手紙と自分の本を渡した。素敵な装丁をしてもらったので、祖父江さんに見てほしかった。

祖父江さんに会える機会なんてめったにないと思う。でも突然、チャンスは来た。人生って、突然チャンスが来る。

サインをもらったあと、ブースを見て回った。品切れの商品もあったけれど、変形ポストカードを何枚か買った。二日目も来たい。二回目も開催してほしい。

帰りに浅草へカレーパンを食べに行った。いつも隣のメンチカツを食べてしまうので、今日こそカレーパンを食べた。カレーぎっしりだった。甘口で美味しかった。そのあとメロンパン屋さんを探した。美味しいメロンパン屋さんがあるらしい。見つけたのだが、間に生クリーム入っていただろうか？　食べてみたら外はサックリ、中ふんわりで美味しかった。そのあとまたメロンパン屋さんを見つけた。元々食べたかったのはこっちだったが、売り切れていた。朝九時から売っているらしい。紙博の前に行けばよかった。次回食べる。

本の装丁をお願いしたデザイナーの堀之内さんが、デザインを教える学校「コペンカレッジ」を運営している。個別に教えてもらえるので、お願いした。デザインによく使うソフト、イラストレーター（イラレ）とフォトショップ（フォトショ）が「ただ使えるだけの人」状態なので、デザインができるようになりたい。会社のＰＣを借りて、日曜日に授業をお願いし、イラストレーターでデザインする方法を教わった。イラレにはショートカットがたくさんある。ショートカットはキーの組み合わせで、マウスを使って操作するよりも速くやりたい作業ができる。知らないものを教わった。

堀之内さんの教え方は丁寧でわかりやすい。透恵の一冊目の本の装丁のような、素敵なデザインができる人に教わったので、デザインが上達したような気がした。

デザインする時にかっこよくなるポイントを教えてもらった。次回はチラシの作り方を習う。会社で必要な人になれるように頑張らないといけない。これで一人前になれる。堀之内さんにデザインを習ったあと、名刺のサンプルを二種類お客様に出したら、二種類とも採用された。堀之内さんに習ったことが役立っている。

Road to 叙々苑

本屋で簡単にパンが作れる本を見つけた。YOMEさんの『YOMEのほったらかしパン』だ。材料を五〇回こねるだけでパン生地ができて、発酵はほったらかしだ。簡単にパンが作れる。夕方になるとお腹がすくので、ゆで卵を入れたパンを作って会社に持っていった。次はちくわパン、メロンパン、あんパンを作りたい。

パン生地はやわらかいので癒やしだ。だしをとるのも癒やしだ。

だしとったり、パン作ったりしているけれど、丁寧な暮らしではない。掃除が苦手で、部屋の中に髪の毛とか落ちている。完璧にはできない。

でも、健康で暮らせればいいと思う。

朝起きて出勤の準備をしていたら、春になったのに吐き気がした。吐き気はいつも冬の間だけなのに、今年は春まである。朝ご飯を食べる前でよかった。食後に薬を飲むので、そのあと吐き気があると困る。春はまだ遠いのか。クラクラしたので寝てみた。まだ時間はある。でも頭を下にすると起き上がる時が大変だ。頭を持ち上げるのにすごい労力がいる。

心と体はつながっているけれど、不調の時は心と体と、頭が別々の時がある。これは体の不調だ。心の不調ではない。心は元気だから、会社に行く気力がある。頭では行けると思っている。

動けるから大丈夫。本当に具合が悪い時は動けない。会社に行ける。起き上がってみたら大丈夫だった。これくらいで休むわけにはいかない。最近会社の人数が二人増えたけれど、まだ休めない。休んだら迷惑がかかる。新しく入った二人は、イラストレーターが使えてデザインができるので助かっている。これで仕事が増えても大丈夫だ。仕事がどんどん増えるといい。

毎日不調があると、家に帰るまで元気でいられるだけで幸せだ。幸せのハードルが低い。

お金があるよりも、健康なほうがいい。貧乏でも、健康なら働いて稼げる。

電車で運よく座れた。座れると眠くなる。夜はすぐに眠くならないのに、電車で座れるとすぐに眠くなる。本屋でトイレに行きたくなるのを「青木まりこ現象」というらしいが、この眠くなる現象にも名前をつけたい。電車で眠れてすっきりした。さあ、仕事頑張るぞ。

午後、近くの会社に名刺の納品に行って、道にボックスティッシュが落ちているのを見つけた。誰が落としたのだろうか。使いかけだ。気になりながらも納品に行き、帰りにボックスティッシュに近付いた。まだたくさんティッシュが詰まってる。

誰も拾わない。

私が持って帰ろう。

このまま置いておいたら、雨が降って使えなくなる。まだティッシュがたくさん詰まってて使えるのに。

この子は私が連れて帰る！

一緒に会社へ行きましょう！

ティッシュをバッグに入れて、会社に持って帰った。

もう安心だよ。会社で使うからね。

でもみんなの反応は冷たかった。田中には自分なら絶対拾わないと言われた。汚いからだそうだ。汚いのは外だけで中のティッシュはきれいなのに。中本にはそのティッシュをお菓子配る時用のティッシュにするなと言われた。斉藤はなんで拾ってきたのって感じだった。

みんな冷たい。私が拾わなかったら、この子は雨に濡れて使えなくなってしまうのに。

この子は私が責任を持って最後まで使います！


家に帰って、なぜティッシュが落ちていたのかを考えた。鼻炎の人がティッシュを自転車のかごに入れて走っていて、落としたのだろうか。

車から落としたという可能性もある。チーズのようにすごいドライビングテクニックで走っていて、落としたのかもしれない。「アンパンマン」に出てくるチーズの、アンパンマンの元に駆けつける車の運転技術はすごいと思う。昔ヤンキーだったかもしれない。犬だからヤン犬《けん》。

バタコさんもすごい。アンパンマンの顔を実際に作ってみるとすごい重量らしい。それを軽々と遠くまで投げ飛ばすバタコさんはすごい腕力だ。槍投げとかやっていたのだろうか。黄金比の投げ方だ。きっと、毎日のトレーニングを欠かさないのだ。毎日まかないでパンを食べていたら太る。帰りにジムに寄って鍛えているに違いない。

いや、ジャムおじさんもバタコさんも妖精という設定らしい。妖精ならすごい力を持っていてもおかしくない。二人が妖精だからすごいのか。

謎は解けた。危険運転の結果、ティッシュが落とされた。――一人警察二四時、完。

疲れているけど、とどリスト書いてから寝よう。今日は金曜日だから、明日やることを書いてから寝る。

ToDoリスト用のノートを開いた。明日は、洗濯する。ご飯を炊く。おにぎり用のひじきを煮る。お弁当用のおにぎりを作る。お弁当のおかずを作る。おかず一、二、三。アイロンかける。掃除機かける。あとなんだろう。明日追加しよう。

リストは作ったけれど、もやもやするので「ますノート」を開いた。もやもやする時は、シャーペンで書いて吐き出す。ペンだとはっきりしていて、もやもやを書き出すのに向かない。本当に辛い時は言葉にできない。書き出せるから大丈夫。

なんだか疲れている。気力が落ちている。

いや、もし明日無気力でも、やることはある。無気力状態でも、予定通りに体を動かしていれば回復する。大丈夫。

今日はティッシュを拾った。拾ってよかった。

明日は出かけてみよう。お麩を買いに行こう。

もうすぐ、参加しているオンラインサロンの懇親会がある。主催者の二人へのプレゼントに、布教中のお麩を渡そう。お麩だから麩教。サロンに投稿される二人のコラムには、いつも気づきをもらっている。知らない世界を見せてもらっているお礼だ。

明日、八重洲に「たま麩」を買いに行くから、その帰りにリラックマストアに行こう。楽しみな予定ができた。

今日はティッシュを拾った。たまにいいこともある。

今日は寝よう。そして、明日は元気になろう。

こんな日常を書いた前作が、なぜか多くの人に読んでもらえた。

社長の高橋にすすめられて続編を書いてみたのだが、いろいろな人にお世話になったなと思う。目標は、お世話になった人みんなで印税を使って叙々苑に行くことだ。

夢ではなく目標。目標のために頑張る。

あとがき

初めましての方も、二度目ましての方も、読んでくださってありがとうございます。倉科透恵です。

前作発売から一年後に続編を出すと言ってから、完成までに一年かかりました。発売日は前作と一緒の日付です。なぜ、この日かは本文をお読みくださいませ。

続編を書いた理由は本文にも書きましたが、お世話になった人たちを高級焼肉、叙々苑に連れていくためです。

前作でお世話になった人たちに焼肉食べ放題をご馳走しました。安くておいしいお店だったのですが、焼肉といえば叙々苑。もっと本を売って、お世話になった人たちを次は叙々苑でご馳走したいと思いました。マネージャーを甲子園に連れていきたい高校球児の思いで、続編を書きました。

目指せ、叙々苑。

本を売って、売って、売りまくって、みんなで叙々苑に行きます。

出版するまでと出版したあとの話を書きました。いろいろなことがありました。出版するまでに、長年原稿をこねくりまわし、ついに出版のきっかけをつかみ、合宿に行き、ラグーナさんと出会い、ゼミに行って記憶をなくし、ラグーナさんに行き、ワカメが流れ、ティッシュを拾いました。本一冊分ぐらいのできごとがありました。

原稿修正のため、自主的にホテルに缶詰めしました。作家さんが泊まるホテルといえば、「山の上ホテル」です。池波正太郎先生などが利用したホテルです。

缶詰めするほどではなかったのですが、作家さんっぽいことをしてみたくて、ホテルに泊まってみました。校正原稿を持っていって、原稿を修正しました。ホテルの机は広くて、修正がはかどりました。

本文中、各種メディアに登場している方のほか、坂本光司先生、高森信子先生、装丁を担当してくださった堀之内千恵さんとイラストを描いてくださった榎本よしたかさん、ラグーナ出版の会長さんと社長さんは実名で登場していただきました。その他の登場人物はモデルはいますが、仮名とさせていただいています。

今回、コラムニスト・ひかりさんに帯を書いていただきました。ありがとうございました。

ひかりさんについては本文をご覧くださいませ。

ラグーナ出版の方たちには大変お世話になりました。前作より文章がうまくなったとか、面白くなったとかはないのですが、編集の松原さんが頑張ってくださったおかげで読みやすい内容になりました。ありがとうございました。

営業部の小川さんにもお世話になりました。校正の段階でページ数増えたもんだから、見積もりが変わったりとか、いろいろお世話になりました。

その他出版にかかわってくださった社員の方々に感謝いたします。ありがとうございました。

川畑社長もありがとうございました。

ここまで読んでくださった方、これから本文を読む方も、お手に取っていただきありがとうございます。私も続編を書くとは思ってませんでしたが、書いてしまいました。読んでくださって嬉しいです。

叙々苑目指して頑張ります。

Ｒｏａｄ　ｔｏ　叙々苑

倉科透恵

■著者プロフィール

倉科透恵（くらしな・ゆきえ）

東京都出身。都内の印刷会社勤務。

大人になってもキティとリラックマが好きな人。

キティちゃんとリラックマは夢に出てきたことはありませんが、ミッフィーは夢に出てきてシーソーで遊びました。

キティちゃんとリラックマがコラボするのが夢です。

泣いて笑ってまた泣いた2

二〇一七年十月二十二日　第一刷発行

著　者　倉科透恵
発行者　川畑善博
発行所　株式会社 ラグーナ出版
〒八九二－〇八四七
鹿児島市西千石町三番二六
電話 〇九九－二一九－九七五〇
URL http://www.lagunapublishing.co.jp/
e-mail info@lagunapublishing.co.jp

DTP　山元由貴奈
印刷・製本　有限会社創文社印刷
定価はカバーに表示しています
乱丁・落丁はお取り替えします
ISBN 978-4-904380-67-3